エトロフ島
鯨夢譚

萩原 博嗣

長崎文献社

もくじ

カバー装画　赤間龍太
装丁　山本美子

エトロフ島　鯨《くじら》夢《む》譚《たん》

序章　生月島の鯨

天明八年（一七八八）の師走半ば、肥前平戸領の生月島《いきつき》では北の海から下ってくる鯨を待ち受ける「冬浦」の漁が始まっていた。島の北端に近い御崎浦《みさき》にある鯨組の納屋場《なやば》では、鍛冶屋や桶屋、船大工、網大工といった前作事《まえさくじ》の職人たちが夏の内から続けてきた漁の準備もすでに終わっている。地元の水主達《かこ》はもちろん、毎年瀬戸内の備後《びんご》、周防《すおう》辺りから出張《でば》ってくる双海舟《そうかいぶね》の網水主《あみかこ》の人数も小寒の前には顔を揃えていて、「春浦」の漁も合わせるとこれから半年近くを過ごすことになるそれぞれの居納屋《いなや》に泊まり込んでいた。

漁始めの組み出しの祝い事があってからしばらくの間は、何時《いつ》鯨が来てもよい、出漁待ちの張り詰めた気分がみなぎっていたのだが、それからもう十日も経つというのに、今年はまだ鯨は一頭も上がっていなかった。海を見下ろす高台に設けられたあちこちの山見からは鯨の来た知らせは届いているのだが、冬場の事で海が時化《しけ》て舟を出せない日が多いのは仕方ないにしても、勢子舟《せこぶね》が勇んで追いかけても遠過ぎたり、日暮れに掛かったりで取り逃がす、運のない日が続いている。海の上で働く沖場《おきば》の者も、捕れた鯨を待っている納屋場の者達も、このところ気持ちと体を持て余して愚痴話ばかりを口にするようになっていた。

　御崎浦の納屋場から一里ほど海岸沿いを南に下った一部浦にある、鯨組の組主益冨《ますとみ》家の屋敷には、半月ほど前から珍客が滞在していた。江戸で売り出し中の絵描きの司《し》馬江漢《ばこうかん》とやらいう者で、オランダ被《かぶ》れが似通っている縁で平戸のお殿様と昵懇《じっこん》になり、江戸の平戸藩下屋敷にも親しく出入りを許されているのだそうな。それを頼りに、このたび長崎見物に来たついでに足を延ばして平戸を訪ねてきたのだった。折良くお国入りしておられたお殿様にはすでに平戸で大層なおもてなしに与《あずか》ったらしく、その直々の肝いりで平戸から一日がかりのこの島まで鯨を見に来ているのである。どうやら江戸のオランダ被れの間では鯨の話がちょっとした流行《はやり》になっているらしい。

　応対役を務めているのは惣領の亦《また》之助である。六十歳を過ぎているこの家の三代目の主に代わって、すでに家業のあらかたの仕切りも任されている、年の頃は三十ばかりの、至ってさばけた男だった。この家はただの鯨組とは違って漁をするばかりでなく、自ら鯨油や塩引きの鯨肉などを商《あきな》う出店や取引問屋を、遠くは大坂、兵庫にまで設けていた。そのため若いころから他国を訪うことが多かったことのなすところか、田舎の者とも思われぬ世慣れた人当たりが身についており、根っからの江戸者で、歳は一回りも上の江漢とも不思議に初めから気が合った。

江漢は既に三日前に一度、鯨を求めて漕ぎ回る勢子舟に乗せられて半日を海の上で過ごしている。この時は、朝の内は勢い込んでいた水主達も、山見番からタカマツが来ている、と知らされて力が抜けてしまった。タカマツは鯨を食う魚、すなわちシャチのことで、これが出ると鯨は逃げてしまって漁にならぬのだ。

「こっちゃあ、海でも船酔いしたこたァないから大丈夫」

などと強がっていた江漢も、ハゼ釣りをする江戸前の海と、鯨の泳ぐ五島の海の違いを嫌と言うほど思い知らされた。ここから西には日本の島はない、という果てもない海の広さに圧倒され、舟の者たちにとっては良い凪のうちらしいのだが、ゆっくり上がり下がりする海のうねりで、ひと味違う船酔いを味わったのだった。

今朝は早くから起こされて、山見番から鯨が来ているという合図があった、と知らされた。三日前に散々苦しんだばかりの思いがよみがえって、

「このあいだの船酔いには心底参ったし、海の上は寒くてかなわん、もう舟には乗りとうないなあ」

などとグズグズ言うのを、すでに支度済みの亦之助と世話焼き掛の小女達からあきれ顔で見られた。

「せっかく江戸から九州の西の果てまで、鯨を見とうて来なさったとでしょうもん、何を世迷い言を言いなさる、サア、サア」

と急《せ》き立てられ、炊きたての飯に水を掛けたのを茶碗に一杯、立ったままで流し込むように腹に入れるのも待ちかねたように手を引かれて、浜で待っている勢子舟に乗せられた。

二人が乗るが早いか、八丁櫓《ろ》の勢子舟は朝間《あさま》づめの海を勢いよく漕ぎだした。水主《かこ》達は久しぶりに鯨が見えたと聞いて大いに逸《はや》って、勇ましい掛け声とともに沖に向かった。益富本家の若旦那、亦之助が珍しく海に出るのは、客人のもてなしの手前も兼ねて不漁続きの海の様子を見てみようという気もあったのだろう。

しかし、今朝鯨が見えたというので、鯨の向かう方向に一番に急ぎ走った御崎浦の勢子舟は、見えていた筈の鯨を見つけることができず、空しく引き返していた。

勢子舟というのは捕鯨の主役を務める舟で、船頭を兼ねた銛打ち役の羽指《はざし》と、八丁の櫓を漕ぐ十二人の水主たちが乗り込んでいる。大きさは六十石積みほどで、羽指が立つ舳先《へさき》はせり上がって大浪を切り、船底はよく手入れされていて浪の上を滑るように走った。一つの鯨組には勢子舟が二十艘ばかり、そのほかに網《あみ》を張る役目の双海舟《そうかい》や、鯨を運ぶ持双舟《もっそう》というやや大型の舟などを合わせると三十艘以上の舟に乗り組む総勢四百人ほどが海の上にあって、山見番からの知らせを待っている。

そのすべての指揮を執るのは、最も経験と判断力に富む一番親爺と呼ばれる羽指で、遠くからもよく見える長大な軍配を振るって舟の動きを指図した。それを補佐する二番親爺、三番親爺までが役羽指とされていた。

亦之助が舟の羽指に聞いてみる。

「勝太夫よい、今朝の山見番の知らせはどげんな模様じゃったとかい」

「へい、見つけたとは鯨島《けじま》の山見で、座頭鯨が袴瀬戸《たくしま》ば西に向いよる、ちゅう知らせでござした。これが陽の上がっとる刻限なら東の度島の崎瀬やら的山《あづち》の馬の頭の山見からも見えた筈ですばってん、なんしろ朝の白々開け《しらしらあ》の頃ですけん、見えた時には早、瀬戸の半ばに掛かっておって、そんまま西の方さん抜けてしもうたとでっしょうなあ。

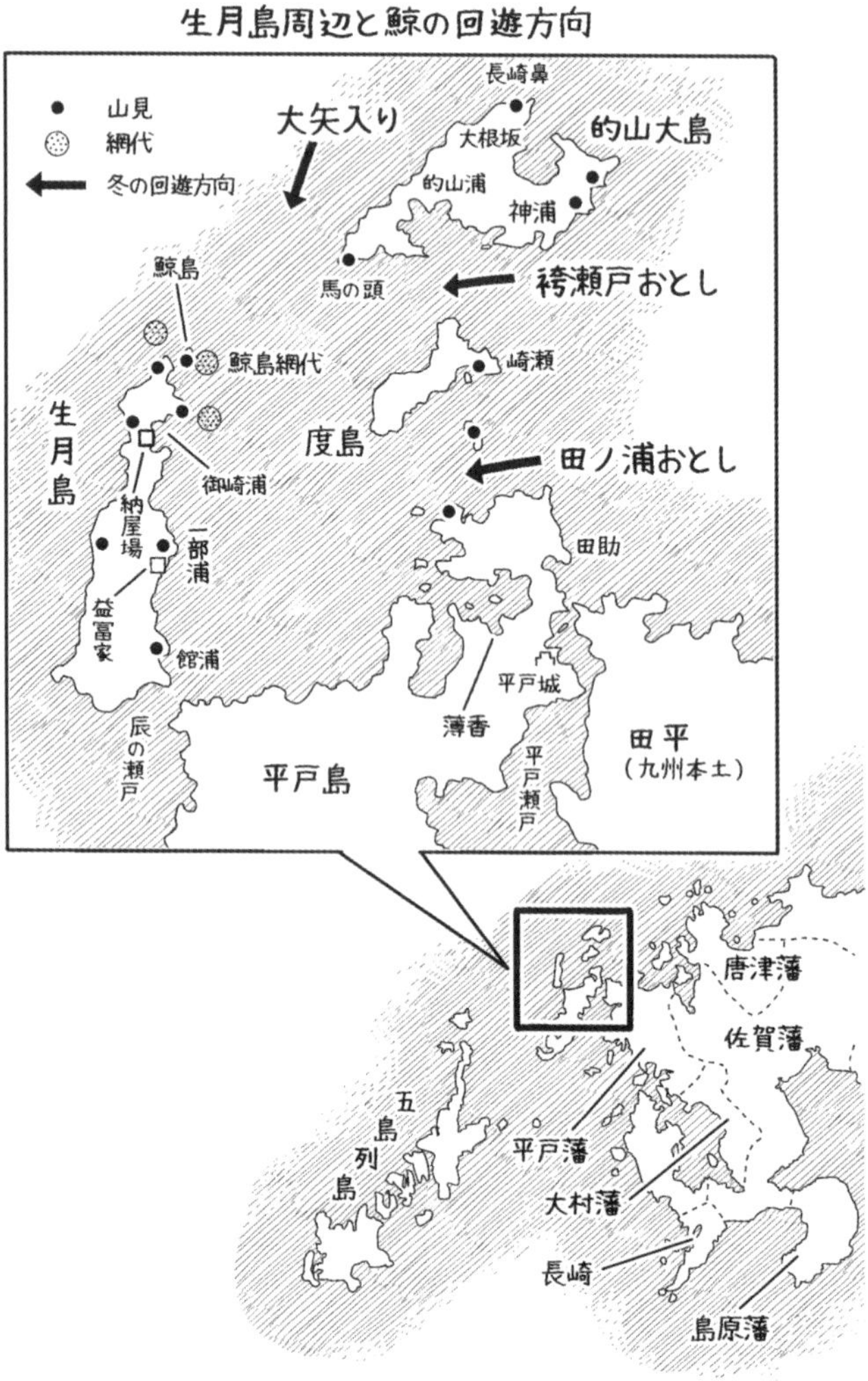
生月島周辺と鯨の回遊方向
山見
網代
冬の回遊方向
大矢入り
長崎鼻
大根坂
的山大島
的山浦
神浦
馬の頭
袴瀬戸おとし
鯨島
鯨島網代
崎瀬
生月島
度島
御崎浦
田ノ浦おとし
納屋場
一部浦
田助
益冨家
館浦
平戸城
薄香
辰の瀬戸
平戸島
平戸瀬戸
田平
（九州本土）
唐津藩
佐賀藩
五島列島
平戸藩
大村藩
長崎
島原藩

平戸島・生月島付近

御崎から出た勢子舟も追いつくとは容易じゃなかったごたる。座頭ですけん、泳ぐとも早かですたい」

亦之助らが乗った勢子船は、その後も生月島から度島周りにかけて、あちこち移動してみたが、鯨の姿は一向に見えなかった。

この時節、西海のこのあたりの海は、北の海で存分に餌を摂って肥え太った鯨が玄界灘を通り、南方の海域へ向けて下っていく通り道になっている。

平戸の北岸の半島部とその西にある生月島は、あたかも玄界灘に向けて両手を差し伸べたように盃状に湾を形成しており、その湾の中には扁平な形の二つの島が並んでいる。平戸から北を見ると、海上一里の沖に度島《たくしま》という幅五町ほどの島があり、さらにその一里沖に幅一里の的山大島《あづちおおしま》が横たわっている。おのずから鯨の通り道は三分されるわけで、それぞれが、平戸本島と度島の間の「田の浦おとし」、度島と的山大島の間の「袴瀬戸おとし」、的山大島の北を通る「大矢入り」、と呼ばれている。

その何れを通っても、その西方二里ほど先に腕を伸ばしている生月島の傍を過ぎることになるのだから、自然、生月周りの海は願ってもない鯨の好漁場になっているのだ。

鯨の通り道を見渡す高所には、あちこちに十カ所ばかりの山見番の小屋が配置されていた。特に生月島の北端に浮かぶ鯨島《けじま》という小島の周りは深さが十八尋（三十メートル）ほどの起伏の少ない海底が広がっており、網を張るのに絶好なので、勢子船が鯨を追い込む網代《あじろ》になっている。

ところで、島の名になっている「的山《あづち》」というのは、弓を射る時に的の背後に山の形に築いた盛り土のことで、上古、島を遠望した時、形がそれに似ている、と見た者がいたのかもしれない。としたら、その者は大方、このあたりに「渡辺の綱の子孫」と称して勢を張った松浦党の内の誰か、であったのだろう。

やがて陽も傾いてきて七つ時（午後四時）に迫ろうとする頃、あきらめて舟を返しかけていると的山大島の西の方に浮かぶ舟の上で、しきりに旗を振っているのがかすかに見えた。俄然《がぜん》元気の出た水主たちが「アリャ、アリャ、アリャ」とひときわ大きな掛け声をかけながら飛ぶように舟を走らせる傍で、江漢は船酔いと寒さに加えて空腹のため、巻いてある銛綱《もりづな》の上にへたり込んで伏せっていた。

二里ほども走ったかと思う頃、辺りがにわかに活気づいた様子に江漢がふと頭を上げると、目の前で巨大な鯨が浪の中から躍り出て潮を吹くところだった。亦之助が声を上げた。

「こりゃ太かぞ、背美鯨の、大物中の大物じゃ」

鯨はすぐにまた海中へと潜るのだが、すでにそこにいた六艘ほどの勢子舟の羽指達は万銛《よろずもり》を打ち込んでいた。江漢らの舟の羽指も、鯨の姿を見るが早いか銛を放っている。

先着していた勢子舟は生月の御崎組の舟ではなく、同じ益冨家の経営ながら、隣の的山大島に本拠を置く的山組の者達だった。

この時代の捕鯨のやり方は、鯨を見つけたらしかるべき所に網を張り、鯨を網に追い込んだ後に銛で突き取る、つまり網と銛を組み合わせるのが手順で、鯨を取り逃がさないための工夫だった。彼らが網の仕掛けなしに銛を打ち込んでいるのを見れば、日暮れが迫ってその余裕がないままに、銛だけで突き取ろうとしていることは明らかだった。

その中の役羽指と見えるひと際年季の入った逞しい体つきの漢《おとこ》から声がかかった。

「オリョ、こりゃ益冨の若旦那様じゃござっせんな、なしてまた、こがん所におらすとですな」

「おう、いかにもわしゃ亦之助たい。ばってん仔細は後、後、先ずはこの大物ば仕留めるとが先たい」

ほどなく再び浮き上がってきた鯨に向けて、続いて殺到してきた生月の勢子舟からも次々に万銛が放たれた。

「鯨ぁ取ったぞ、取ったぞ」

と亦之助が叫ぶ。船酔い気分が一遍に吹き飛んだ江漢は、身じろぎもせず暴れる鯨と、その鯨が立てる大波をものともせずに立ち向かう漁師達の働きを見守った。強靭なその尾鰭に撥ねられでもしようものなら、さしもの頑丈な勢子舟といえども一たまりもないだろう。すべてはわずか数間ほどの目の前で繰り広げられている光景なのだ。

深く刺さった万銛の、柄の部分は鯨の浮き沈みの間に飛び散っているのもあるが、銛先には綱が取り付けてある。その綱で結ばれた、今や数知れぬほどに増えた勢子舟を引きずって鯨は必死に泳ぐのだが、やがて次第に勢いが乏しくなってきた。江漢が数えてみたら綱を牽かせている勢子舟は全部で十七艘あった。

やっと追いついてきた持双舟が鯨の側に寄って、これに乗り移った羽指たちが剣《けん》と呼ぶ長い諸刃の刃物を鯨の体に何回となく刺し込んだので鯨はさらに弱る。

すると的山組の中の若い羽指が、羽織っていた厚い刺し子の着物を脱ぎ捨てると、赤い締め込み一丁の姿になって大きな出刃包丁を口にくわえ、綱を持って海に飛び込んだ。鯨に泳ぎ着いて、何本となく突き立っている銛を手掛かりにして背中によじ登ったかと思うと、一番高い位置にある潮吹き口の前あたりに包丁を差し込み、穴を穿ち始めた。やがて包丁を手元辺の鯨の体に刺し置き、穿った穴に綱を通そうとしていると見えた。この間にも鯨は弱ったとはいえ、自らの体から噴き出す血で赤く濁った海の中に何回となく潜ったり浮いたりしたので、鯨にとりついた羽指の体も一緒に浮き沈みをくり返しているのだ。

まさに命がけと見えるこの所業によって鼻先に通した綱で鯨と舟が繋がれた、と見るや、すかさずもう一人が鯨のすぐ横に付けた持双舟から綱を持って海に飛び込み、鯨の腹の下を潜り抜けて反対側の舟に綱を渡した。鯨を挟んだ両側の持双舟同士は横に渡して縛られた二本の丸太によって固定され、鯨は腹の下に回した綱で両側から吊り下げられる形となった。最初に鼻先に通した綱と併せて鯨は二重に繋がれて、逃げたり流されたりする心配もなくなり、羽指達は更に剣を差し込んだので、鯨はほとんど身動きをしなくなった。

一息着いたところで生月の御崎組の一番親爺久太夫が的山組の舟に声をかけた。

「今日の一番銛は誰じゃったな」

「そりゃ、安兵衛じゃろ」

皆が先ほど鼻切りをしてのけたばかりの若者に目を向けた。

「もう日も暮れよるし、潮も下げじゃけん、こん鯨は近場の御崎浦に上げたがよかろう。寅太夫どんよい、的山ん衆もそれでよかろかの」

これが的山の舟を率いている羽指の名で、近場の海の役羽指同士、お互いはもちろん旧知の仲だった。始めからそのつもりで御崎組に加勢を求めた寅太夫にはもとより異存はない。

「安兵衛どん、じゃったな、御崎浦は知っとるじゃろ、ご苦労ばってん注進舟になって、今日の次第ば納屋場の支配人に申し上げてくれろ」

注進舟はその漁で最初の銛を打ち込んだ羽指に与えられる栄誉で、漁の次第を納屋場の支配人に報告する役である。支配人は威儀を正してこれを受け、羽指には褒美の酒が贈られることになっていた。

寅太夫が満足げにうなずくのを見て、安兵衛の勢子船はすぐに御崎浦に向った。

鯨を吊った二艘の持双舟には御崎組の多くの勢子舟が取り付き、曳き船となってこれから解体場まで運ぶのである。皆が力を合わせて漕ぎ始めるのを見届けて、亦之助と江漢が乗った舟は一足先に御崎浦に向かった。

もともと的山大島で鯨組が始まったのはこの西海の漁場の中でも早く、百四十年ほど前の寛文年間にこの島の住人井元《いのもと》弥七左衛門という者が突き組を創ったのが嚆矢《こうし》と伝わっている。その後網掛けの工夫も取り入れて大いに成功し、井元家のある的山大島の神浦《こうのうら》には家々や寺が立ち並んだ。

井元家は享保の始め頃には平戸藩の求めに応じて銀千二百貫（金二万両）もの上納銀を出すほどに栄えていたのだが、不漁が続いた時期に網納屋を焼亡させて漁具のことごとくを失ったり、身内で悶着があって捕鯨の権利書を奪われるなどの打撃が重なった由で、六十数年前の享保年間に廃業してしまったのだった。その頃は畳屋を屋号としていた益冨家が生月で鯨組を始めたのは、井元組廃業の頃だから、鯨組としては的山大島のほうが遥かに先達《せんだつ》ということになる。

頼りにしていた組主を失った在所の漁師達は、それでも一組分の鯨漁師や納屋場、山見小屋などが残っていたのを頼りに、鯨組仲間のつながりを保ったまま、壱岐などの他所《よそ》から来た組主に雇われながら操業を続けてきた。十年ほど前からは益冨家が漁場の権利を得て、的山組をもその傘下に置くようになったのである。

日が暮れて、多くのかがり火が焚かれた御崎浦の浜に安兵衛の舟が入っていくと、集まっていた納屋場の者達は見慣れぬ舟が注進に来たのに驚いてざわめきがおこった。

いつものように紋付き羽織に身を整えて浜に下りた筆頭支配人の前で、安兵衛が片膝をついて口上を述べ始める。

「わたくしゃ、的山組羽指の安兵衛でござす。

本日の漁では、日頃無か事ではござすが、私共《どん》が銛ば付けた鯨ば御崎組様に加勢してもろて、ようようの事《こつ》て仕留めましたることば納屋場に注進に上がるごと、御崎組の一番親爺様から申し付けられたとでござす。

漁の次第は、先ず八時《やつどき》（午後二時）過ぎごろ的山の長崎鼻の山見が狼煙と筵旗で背美鯨が大矢入りしよる、と知らせよるとば見たとでござす。あいにく的山組の内の半分より多か舟は島の南におりましたもんで、長崎鼻の知らせはすぐには届きまっせん。

大根坂の若の浦におった私共が六杯で漕ぎ出しましたところ、鯨は大分沖ば西に向っておって、ようようのことで追いつきましたですどん、これが滅多に見らんごたる太か背美で、船縁《ふなばた》ば狩棒で大叩きしても、ちいっとばかり泳ぐ向きば南の方に向けるとが精一杯でござした。陽も傾きかけよるし、網ば積んだ双海舟が着くとば待って網代まで追い込むとはとてもでけん、となりましたもんで、寅太夫親爺様が
『かんまん、突いて取るぞ』

て言わしたとでござす。そん時、南の方をば見たれば、御崎組の衆の舟が十杯ばかり見えたとが天の助け、懸命に旗ば振ったれば、すぐに漕ぎ寄せてきてもろうて、おかげで大物背美をば突き取り得たとでござした。

加勢のなかったれば、日も暮れ、網はなし、舟は六杯だけ、潮は下げで西に向いよるとですけん、とてもの事、取り込みはきらんじゃったでござっしょう」

安兵衛が口上を述べるのを、取り囲んで聞いた納屋場の者達は、口々にその働きを褒めそやした。

「この日暮れに、よう取り込んだもんたい。銛で突き取った的山ん衆も、それば助けた御崎の者《もん》もようやったよのう」

「今年の口開けが大物背美鯨ちゅうぞ、こりゃ何とも目出度かもんじゃなっかい」

筆頭支配人は
「よか口上ば、しかと聞かせてもろうた」

と前置きして、

「本日は、大矢入りの沖において、的山組、御崎組相携えて背美鯨一頭を突き捕り得たる、皆々衆のお働き、見事でござります。分けても一番銛の功名は的山組の羽指、安兵衛。右には旦那様より祝いの酒一樽が贈らるるぅ」

と、褒美披露の文句を述べた。


多くの勢子船に牽かれた鯨はその夜、四つ時（十時）頃にようやく御崎の浜に着いた。浜には解体場を囲んでコの字型に石垣が組んであり、おあつらえ向きに大潮の満潮の時刻だったので鯨は砂利の浜の奥まで引き寄せられた。身の丈十五間（二十八メートル）近くもある背美鯨だった。

背美鯨は鯨漁師が真っ先に狙う最上級の鯨で、体がずんぐりと丸いので脂身が多く、しかも肉は最も美味、鯨髭《げいし》も多く、他の鯨の倍の価値があった。並の大きさなら丈は十間ほどなので、この鯨は油も肉も、普通の倍ほども採れることだろう。

夜のこととて解体は明日の明け方にして、疲れ切った水主達はそれぞれの居納屋へと引き揚げて行った。

納屋場で一眠りした亦之助と江漢は、夜中に起き出して浜に出た。潮が引いて砂利の浜に姿を現した巨大な鯨の体に満月が影を落としていた。二人は鯨の上に登ってみる。見渡す限り、沖の方までが凪いでいて、月影が穏やかな海に照り映え、東に見える的山大島の姿を浮き出たせている。

亦之助にとって昨日は良いことずくめの一日だった。今年最初の獲物がこの上ない大物の背美鯨、不猟続きの鯨組の沈んだ気分を吹き飛ばすようなこの目出度さはどうだろう。その上この鯨は的山組と御崎組の者達が力を合わせて、危うく取り逃がすところを突き取った、大手柄だったのだ。

十年ほど前までは的山組は他所《よそ》から来た組主の支配下にあって、御崎組との間には漁場を巡る諍《いさか》いさえあったのだ。それが昨日は、二つの組が力を合わせ、何のわだかまりもなく共に働いた。経営する二つの組同士の融和を願う組主としては、まことに喜ばしいことだった。

江戸の客人、司馬江漢には願ってもない形で鯨漁を体験させてやることができた。しかも今は、満月の下、浜に引き上げられたその鯨の上に登るなどという、亦之助自身でさえ滅多に経験することのない機会に巡り会っているのである。

間もなく夜明けとなれば解体が始まる。何百人もの人間が大小の刃物や手鉤《てかぎ》、もっこ、大槌《おおづち》など諸々の道具を持って立ち働き、肉を切り出し、骨を砕き、何十もの大釜で脂を煮出す、さながら戦場《いくさば》のような光景がくりひろげられるのだ。これにも江漢はさぞかし肝を潰し、その有様を深く眼中に留めることだろう。

「何とも運の良いお人よなあ、『江戸の絵描きも描きゃきらぬ』という地口《じぐち》があるが、羽指共が命がけで鯨を獲る姿やら、鯨を捌《さば》く納屋場の沸き返る様を、このお人はどのような絵に画きなさるものやら」

亦之助としてみれば、これで平戸のお殿様の手前も肩の荷が一つ下りたというものだった。

それで思い出したことだが、毎年この時季には、殿様からは、背美鯨の上物が獲れたら、一番良いところの肉を見繕《つくろ》って十貫目ほど、お城に届けるように申しつかっているのだった。明日には早速手配せねばなるまい。

この鯨肉が、平戸から江戸まで五百里の冬の海を早ければ七、八日で走るという鮪《まぐろ》舟に便乗して江戸上《かみ》屋敷まで運ばれ、そこで美麗な竹駕籠に詰め替えられて、十数カ所分ほどの暮れの進物となるのだった。

殊に黒皮の下に厚い脂身が付いた白身肉は、かぐわしい香りすら伴った、他に類のない美味としてもてはやされ、今やこの肥前平戸から届く極上の鯨肉を歳の暮れの楽しみに待っている権門《けんもん》も多いと聞えている。

このような付け届けなどはほんの序の口、江戸在府中の殿様は三日に明けず権門廻りに血道を上げていなさる、というその筋からの噂も伝わってきていた。

平戸藩主、松浦壱岐守《まつらいきのかみ》清の望みはただ一つ、幕閣に取り立てられたいのである。

壱岐守は弱冠十六歳で襲封《しゅうほう》して以来、殖産を勉励し、冗費を省いて負債を抱えた藩の財政を立て直している。一方では藩校を設立して文武を奨《すす》め、身分にかかわらず人材を登用したので藩風は大いに改まった。自身は文武両道に励んで殊に剣の道では心形刀流皆伝《しんぎょうとうりゅうかいでん》の域に達していた。英邁《えいまい》を自負する壱岐守は、幕閣に名を連ね、天下の治政の場で活躍してみたいという夢に取り付かれていたのだった。

その為にこれまでご機嫌を取り結ぼうと務めてきた相手は、長年老中を務めてきた田沼意次《おきつぐ》と、その取り巻きの者達であったのだが、一昨年のこと、将軍家治が急死するや、意次はにわかに失脚した。代って八代将軍吉宗の孫にして白河藩主の松平定信が老中に就任し、幕政は今大きな転換期を迎えようとしていた。

やがて松浦壱岐守の猟官《りょうかん》運動はさらに熱を帯びて、何とか幕府中枢に取り入るべく、辺りかまわぬ様相を呈してくるのだった。

時あたかも蝦夷地では、ロシアの極東経営の一環として千島列島を南下してきた者たちがエトロフ島に隣するウルップ島にまで達しており、幕府にとってそれへの対応は喫緊の課題となっていた。

そのような情勢の中、壱岐守の執心《しゅうしん》と、幕府のロシア対応策の「とばっちり」が平戸領内で鯨獲りに携わる者達を思わぬ試練に巻き込むことになるのである。

九州の西の果ての捕鯨の島、生月と、現在でも名目上はこの国の東の果てとされている鯨の群れ泳ぐ島、エトロフ。はしなくも鯨の縁《えにし》によって結ばれたこの二つの島にまつわる、彼らの物語を見てみることにしよう。

蝦夷地転変

徳川の世の太平の眠りを覚ましたのは、詰まるところ異国からの開国の催促であった。開国の催促といえばすぐにペリー艦隊の浦賀来航が思い浮かぶが、ちょっと意外にも思われることながら、最初にそれをしたのは米国でも英国でもなく、千島列島に沿って南下してきたロシアに他ならない。

ロシアが帝国としての体裁をとり始めたのは一七世紀に入ってからのことに過ぎないのだが、この国の領土はそれ以来拡大の一途をたどってきた。ピョートル大帝の意を受けたコサック達は貂《てん》の毛皮を求めて東シベリアを蚕食《さんしょく》し、十七世紀末にはカムチャツカ半島に達して領有を宣言する。すると間もなく、その先にクリル（千島）列島が続いていることに気付いて南へと進み始めるのである。彼らの差しあたっての目的はシベリアで獲り尽くした貂に代って、より商品価値の高い猟虎《らっこ》の毛皮を手に入れることであった。これらの毛皮はヨーロッパの上流階級にもてはやされ、ロシアの国家税収の四分の一を占めるほどの財貨をもたらしたのである。

一七一三年には、五十人ほどの配下を引き連れたコサックの首領コブイレフスキー

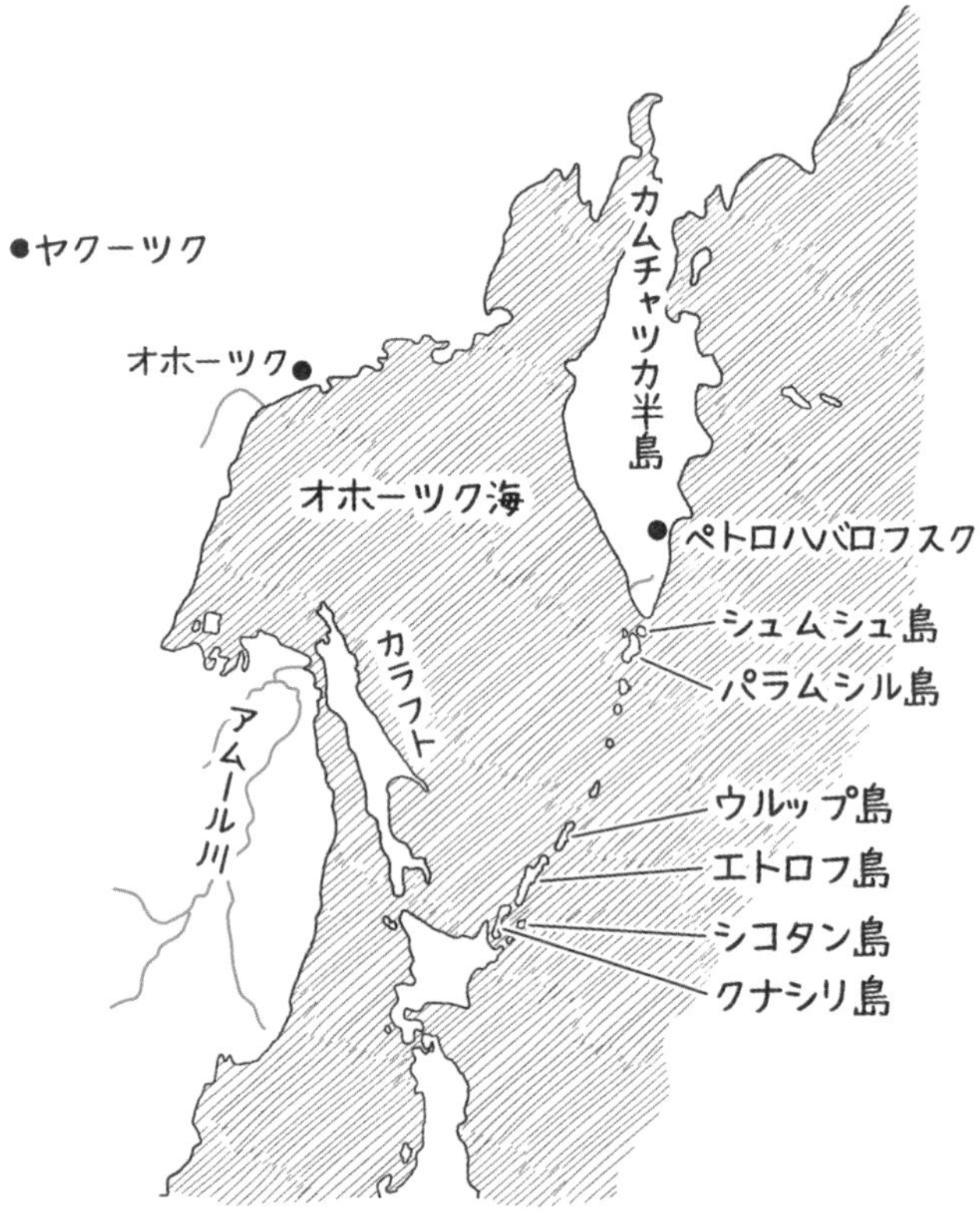

●ヤクーツク
オホーツク●
カムチャツカ半島
オホーツク海
●ペトロハバロフスク
シュムシュ島
パラムシル島
カラフト
アムール川
ウルップ島
エトロフ島
シコタン島
クナシリ島

環オホーツク海地図

という者が、始めて北千島の第二島パラムシルに上陸し、島人（千島アイヌ）から絹織物や刀剣などのめぼしい持ち物を奪い、毛皮を税として納めることを強要した。毛皮の徴収は「毛皮税《ヤサク》」と呼ばれ、ウラルからシベリアにかけて支配の証として行なわれた収奪方法だった。このため北千島アイヌの中の多くの者が南の島へと逃げだしている。やがて南千島のウルップ島が猟虎の宝庫であることを知ったロシア人達は、この島へと近づき始めた。

カムチャツカの南に日本国があることを知ったピョートル大帝は、早くから交易を開く望みを持っていたらしく、一七〇五年には大坂から江戸に向かう途中に漂流した伝兵衛という者を教師に仕立ててペテルブルグに日本語学校を設立している。この学校は、のちにイルクーツクに移され、以後も漂流民があるたびに教師役を更新させながら長く維持された。

一七二八年、ピョートル大帝に探検を命じられたベーリングはカムチャツカ半島を北上し、ユーラシア大陸の東の果てに海峡（ベーリング海峡）があることを発見する。

その後の第二次カムチャツカ探検では、その一環としてシュパンベルグによる日本探検が三回にわたって行われた。うち二回は濃霧に阻まれたが、第二回の元文四年

（一七三九）には三隻が仙台領の牡鹿半島の沖に停泊して食料と羅紗の布地を交換したり、船を訪れた者達を迎えてウオッカを飲ませたりしている。別の一隻は安房国天津《あわのくにあまつ》村と伊豆下田沖に達してボートで上陸して給水と食料の調達を行った。この時代の日本人の対応はまだのどかで、彼らの船は大勢の見物人の舟に囲まれたという。これらの出来事はあまり知られてはいないが、史書には「元文の黒船」として記録されている。

一七六八年にはコサックの百人隊長チョールヌイという者が北千島から移動した島民たちを連れ戻すために南千島に派遣された。島民たちには無法を働くことなく愛護をもって臨むように訓令されていたにも拘わらず、強欲で乱暴なこの男はエトロフ島に渡ると、島民たちに暴虐の限りを働き、大量の毛皮を奪ってカムチャツカに帰ったところで処罰された。この一件は島民たちにロシアに対する抜き難い反感と恐怖心を植え付けることになった。

これとは別に一七七〇年にウルップ島に上陸したロシア人の一団は、以前からこの島を猟場としてきたエトロフ島のアイヌ達に毛皮税《ヤサク》を要求したばかりか、一行の内の長老など数人を殺傷したので、後に彼らから報復を受けて逃げ帰っている。

蝦夷地への接近の速度が遅かったのは、北千島の島々の間の海峡は潮流が強く濃霧も発生するため、当時のカムチャツカの貧弱な船と船乗りでは渡航が困難であったことに加えて、第二次探検の時にベーリングによって発見されたアリューシャン列島から大量の猟虎の毛皮が得られたのも要因ではあるが、なによりその頃女帝エカチェリーナ二世が露土戦争など黒海方面の国事に追われて極東に関心を向ける暇がなかったことが大きかった。

しかし極めて限られた交通網しかないシベリアと極東植民地の開発の為には、日本からの食糧補給はロシアにとって何としても実現したいものであり、蝦夷地への接近が止むことはなかったのである。

一七七四年、シベリア総督から交易の可能性を探るよう命じられたカムチャツカの長官ベームは、南千島に向けて交易船を出港させた。その船がウルップ島で難破し、救難船を出すなどの曲折があったものの、イルクーツクの商人シャバリンとアンチーピンいう者に率いられた一行は、安永七年（一七七八）にネムロ（根室）の近くのノッカマップに上陸した。お互いのアイヌ語通訳を介して交渉に当たった松前藩の現地役人は、交易については一存では決められぬので一年後にクナシリで会合することを約束した。翌年交易品を山ほど携えて再訪したロシアの一行は、相手が一向に現れないのにしびれを切らしてアッケシ（厚岸）湊にまで赴く。

　しかしこの時アッケシで会合した松前から来た役人の返事は、

「異国交易の港は幕府によって長崎に限られており、それ以外では禁制なので取引に応じることは出来ない。今後は渡来も無用にして欲しい」

というもので、前年現地の役人が受け取った書簡と贈物もそっくり返された。ただし彼らはロシアに気を悪くされないように相当気を使っている様子で、

「もし食料に困ることがあれば島のアイヌを使いによこしてもらえばウルップ島に米や酒を届けるので、ロシア人自身がエトロフ島以南に来ることはしないで欲しい」

と、申し出たという。結局一行は何ら得るところなく引き返さざるを得なかった。

　松前藩はこの時のロシアの来訪と藩の対応について、幕府への報告は行っておらず、一切なかったこととして処理したようだ。


　この頃の蝦夷地とそれにつながる島々は、豊臣秀吉の時代以来松前藩に委ねられていたが、この藩は米作が出来ないので石高というものを持たず、米は本州からの移入

に頼るという変則的な藩運営を行なっていた。

蝦夷地の北方で起こっているロシアの侵入に対応すべき立場にあるのはもちろん松前藩であったが、藩は国境すらはっきりしない千島列島にロシア人が上陸し、蝦夷人が被害に遭うのを、たいしたことではないとみなして放置し、幕府への報告もしなかった。対応する能力に欠けていたためでもあるが、おそらくロシアや清国との密貿易を幕府に疑われることを怖れ、面倒を避けたかったのであろう。そもそもアイヌの民を、保護すべき領民とはみなしていなかったと思われる。その点はこの時代の江戸幕府自体もあやふやであった。

松前藩の財政の多くは、当初は松前城下で、後には海運の便の良い河口などの要所に設けた「場所」と呼ばれる商場《あきないば》で行われる蝦夷人との交易によって賄われていた。交易品は猟虎や熊の毛皮、矢羽根の材料となる鷲羽の他には、干鮭《からざけ》、鰊《にしん》、昆布、それに鮑《あわび》や海鼠《なまこ》を乾燥加工した俵物《たわらもの》と呼ばれる海産物が主で、代償として蝦夷人たちに渡された物は米、酒、煙草、鍋・刃物などの鉄製品、衣類などであった。

その他に松前藩が収入源とした物として、蝦夷錦《えぞにしき》と呼ばれた華麗な刺繍が施された絹織物の衣服があった。藩の役人達にも正確なところは分かっていなかったようだが、実はその出所はアムール川（黒竜江）の河口辺りで清国が近隣の少数民族を相手に行っていた朝貢貿易の市場にあった。そこで毛皮などと交易された清国官僚の満州族風の華やかな官服の古着や端切れなどが、地元の山丹人（ギリヤーク）から樺太アイヌ、蝦夷アイヌの手を経て松前にもたらされ、「蝦夷錦」と称して江戸や上方に運ばれると、由来の謎めいた珍品としてもてはやされたのだった。

交易は、当初は藩に属する者たちが自身で蝦夷人と対応していたのだが、時代と共に取引が複雑化すると彼らの手には負えなくなり、運上金と引き換えに商人に請け負わせる「場所請負制」と呼ばれる形をとるようになった。請け負うのは上方などから来た商人達だが、実際に現場を仕切っているのはその配下の支配人や番人と呼ばれる者達であり、彼らは秤《はかり》や枡目をごまかすなどの不正を常習的に行い、蝦夷人を人とも思わぬ暴力的な対応をとることが多かった。

やがて請負人が自ら漁業を営んで魚肥や俵物などを生産するようになると、商い場は彼らの漁場経営の場へと変り、蝦夷人達は交易相手としての自主性を奪われ、漁場の労務者の立場へと転落していった。

当の松前藩は、蝦夷人に対して和人との交流を禁じて隔離をはかるばかりで、悲惨な状態に陥っている蝦夷人に対する保護や教化は全く行わなかった。おのずから蝦夷人達の間には松前藩と商い場の和人達に対する恨みが募っていくことになる。やがてそれは幕府の知るところとなった。

このような深刻な問題を抱える松前藩と、接近してくるロシアへの対応を巡って、江戸幕府の蝦夷地政策は天明、寛政年間以降の五十年ほどの間に目まぐるしく変るのである。

蝦夷地の先に大きな島だけでも十三を数える千島列島を経てカムチャツカ半島があり、ソーヤ（宗谷）岬の北にカラフトがあることなど一般には知られもせず、関心を呼ぶこともなかった時代に、北方領域の重要性を喚起した『赤蝦夷風説考《あかえぞふうせつこう》』という書物が現われた。天明三年（一七八三）のことで、赤蝦夷とはカムチャツカ半島、もしくはそこに住むロシア人のことを指している。

著者は仙台藩の藩医 工藤平助で、交際が広く情報分析力に優れた工藤は、蘭学の師であり親交の深かった阿蘭《おらんだ》大通詞 吉雄耕牛《よしおこうぎゅう》を通してオランダから伝わる国際情報や長崎貿易の実態を漏れ聞いていた。それればかりか、松前藩の元勘定奉行 湊源左衛門など、蝦夷地の事情を熟知する者達との人脈もあった。加えて当時長崎に伝わったばかりのドイツ人ヨハン・ヒュブネルの著作『万国地理書』と、ヤコブ・ブルーデル原著の『ロシア誌』とでも呼ぶべき著作を蘭学者 前野良沢らに助けられて読んだことによりロシアとカムチャツカの歴史と地理についての知識も得ていたのである。

工藤の説くところは、先ずカムチャツカ半島と千島列島の地理の把握と現状認識の重要性である。当時のロシアが日本に対して望んでいるのは食料の補給と通商であり、こちらが武備を怠らないことが前提ではあるが、今のところ侵略や攻撃の意図はないと見ていた。

蝦夷地北東部のウラシベツやネムロの近くのノサップ半島あたりでは既にロシア船が漂流と称して来航し、抜け荷、すなわち密貿易が行なわれている。以前とは違って彼らの船はオランダ船に似ており、服装もオランダ人と同様で、胡椒・肉桂《にっけい》等の香料、砂糖、ラシャ・ビロード・更紗などの布類、銀器などを持ち来たって交易を望み、船には日本人漂流民の子孫と称する通訳も乗っている。

密貿易を取り締まるのは難しいので、いっそのことロシアにも一カ所くらいを開港して交易路とし、幕府主導で貿易を行なえば大きな利益を見込めるであろう。同時に蝦夷地の肥沃な大地を開墾し、金、銀の鉱山を開発すれば、慢性的な銅の流失に悩む長崎貿易の収支も改善する筈である。

幕府は出島の商館に対して『和蘭風説書《おらんだふうせつがき》』と呼ぶ世界情勢の報告書を毎年提出することを義務づけていて、その中でオランダは、ロシアが千島と蝦夷地に領土的野心を持っている事を繰り返し警告していた。翻訳にあたる通詞の吉雄耕牛らはその情報を基にロシアの侵略の危険を世に伝えていたが、工藤はそれを「オランダの御注進」と呼んで、その警告の裏にはロシアの貿易参入を排除したいオランダの意図が隠されていることを読み取るべきである、と指摘している。

このうちの密貿易の話は、シャバリンとアンチーピンの一行が安永七年と翌年にノッカマップ、続いてアッケシに交易を求めて来航した折のことを粉飾し、歪曲したもので、おそらく松前藩の元勘定奉行 湊源左衛門が故意に誤伝したのだろう。というのは、湊は不正を働いた廉《かど》で追放処分を受けた者であり、藩に対して含むところがあったに違いないからである。先に述べた通り、この時松前藩はロシアとの交易を拒否しており、抜け荷の事実はロシア側の記録からも見当たらない。

工藤によるこれらの指摘と提案は、誤伝や限界はあるものの後年の熱に浮かされたような攘夷論とは違って現実性に富み、江戸幕府が密かに悩む長崎貿易の赤字処理と、接近してくるロシアへの対応の問題の図星を指していた。

時の老中 田沼意次は、天明四年（一七八四）に勘定奉行松本秀持を通して提出されたこの著作の趣旨を率直に認めて、翌年から二度にわたって蝦夷地に調査隊を派遣することを命じた。「蝦夷地見分」と呼ばれたこの調査を手始めに、蝦夷地開発を始めようとしていたのだった。調査に携わったのは勘定奉行所に所属する普請役の者たちを主体としていて、有能で強い使命感を持っていた彼らは、幾多の困難を乗り越えてカラフト、南千島の島々に至るまで行き届いた調査を行なった。

その中にあって、経世家 本多利明の弟子の最上徳内が人数に加わっていた事が注目される。貧農の子でありながら精励して学識と行動力を身に着けた徳内は、竿取り役という低い役目であったにもかかわらず実力を発揮し、単身エトロフ島に渡って三人のロシア人と接触してアイヌ語を介して交流し、更にウルップ島にまで達して一時期入植していたとされるロシア人が退去した跡を確認している。

二年に渡る調査の結果、松前藩が蝦夷地の経営を場所請負いの商人達に任せきりにして監督責任を果たしていない実態や、ロシアに対しては然るべき警戒を払っておらず、幕府へ知らせるべき事柄でさえ報告を怠っていることなどが明らかになった。田沼が期待していた金資源は既に掘り尽くされていたものの、蝦夷地でも工夫次第では米作は可能で、蝦夷全島で百十六万町歩にも及ぶ新田開発が見込まれることが報告された。すでに印旛沼干拓に取り組んだ経験のある田沼は、大いに事業意欲をかきたてられたことだろう。

ところが、天明六年に将軍 徳川家治が急死すると田沼は失脚し、蝦夷地開発の企ては撤回された。のみならずこの件に関わった役人達は、何の落ち度もないにもかかわらず厳しく処罰された。ただ最上徳内だけは身分が低かったことが幸いして、かえって幕府の下級役人に採用されている。

筆頭老中となった松平定信は田沼時代に行なわれた政策のほとんどを否定したので、蝦夷地の経営は定信が主導した寛政の改革の影響が続く間は従来通り松前藩に委ねられることとなった。

しかし蝦夷地の状況は安寧とは程遠く、三年後の寛政元年にはクナシリ（国後）島とメナシ（目梨）地方のアイヌが蜂起し、七十一人の和人が殺害される事態が起こった。後に「クナシリ・メナシの戦い」と呼ばれることになる出来事である。そのなかの一人が松前藩から目付として派遣されていた足軽であった以外は、殺された者は皆、新たにクナシリとキイタップの両場所を請け負ったばかりの飛騨屋という商人の使用人達であった。

飛騨屋は元々蝦夷地の山林を開発する材木商であり、漁場請負人としての経験はなかった。支配人や番人といった、現場の運営に携わる者達も蝦夷人との交易の経験に乏しく、それまで互いの間で形成されていた取り引きや雇用に伴う約束事が分かっていなかったために、アイヌ達との間で摩擦を生じることが多かった。例えば〆糟《しめかす》の生産に当たっては、副産物の魚油の半分を働いた者達に与える、という従来の慣行を無視して彼らの生活困窮を招いたり、指示通りに働かなければ家族共々毒殺する、などと脅すことがあったと言う。そのような恫喝が耳新しい時に、たまたま有力なアイヌの一族の身内二人が、和人に貰った酒や食事を摂った後に急死したのである。毒殺されたと思い込んだ一族の者たちは、復讐のために蜂起を呼び掛けた。

身内二人を毒殺されたというのは明らかに誤解であり、復讐のための蜂起というより相互理解の欠如のなせる悲劇、と考えるべきところだろう。しかし、一族の者達の蜂起の呼びかけに多くの蝦夷人達が応じた背景には、場所請負の商人たちによって対等な取引相手としての立場を奪われ、低賃金労働を強いられている事への不満や、取引や支払いの際のごまかしや侮辱に対する怒りが積み重なっていた事は否めないであろう。

この反乱は、アイヌの有力者の中に仲介役をする者もあり、松前藩によって間もなく鎮圧されたが、その手段は、蜂起の指導者を甘言を弄して酒に酔わせた上でだまし討ちにする、という松前藩が常套する手口であった。その後も蝦夷人達への扱いが変ったわけではなく、かれらの不満は鬱積することになる。

アイヌの叛乱に加えて日本北方の各地から異国船の接近が伝えられていた。

寛政四年（一七九二）には軍艦エカテェリーナ号に乗ったロシアの使節アダム・ラクスマンが大黒屋光太夫ら三名の漂流民を伴ってネムロに来航し、漂流民の受け取りと通商を求めた。急報を受けた幕府は光太夫らは引き取ったものの、鎖国の国是を盾に、通商については長崎で対応することを約束した信牌（入港許可証）を与え、外交形式を整えると同時に時間稼ぎをしようとした。ロシア側は「長崎に行けば交易許可を与える」という約束を得たと理解し、一旦帰国するのである。事実、時の老中松平定信はロシア使節が長崎に来れば通商を許可するつもりであり、しかもアッケシを開港場に予定していた、という内容の、信じるに足る記録が残されている。

しかしシベリア総督からの早急な長崎への使節再派遣の要請にもかかわらず、エカテェリーナ二世は時あたかも勃発したフランス革命への対応に追われて派遣を実現しないまま一七九五年に死去した。後を継いだ皇帝パーベルは母親憎しに凝り固まった男で、その施策をことごとく否定したので遣日使節の件は立ち消えとなってしまうのである。こうして折角ラクスマンがもたらした幕府の信牌は空しく十一年間イルクーツクの役所に留め置かれることになった。

次いで寛政八年（一七九六）にはブロートンが指揮する英国海軍の調査船が蝦夷地のエトモ（現室蘭）に来航して松前藩の役人と会見、その後も日本沿岸に近づいて測量をしていることが報告され、幕府の警戒心を刺激した。

一方では、ロシア人が千島列島を南下してウルップ島やエトロフ島にたびたび姿を現すようになって、寛政七年には大船に乗ったロシア人六〇人ほどがウルップ島に上陸して居住している。この頃にはロシア人が島民に対して狼藉を働くことはなくなっており、エトロフ島からウルップ島に出向いた蝦夷人が酒食でもてなされ、クナシリ島から渡った者が錫製の盆を貰ったなどの話が伝わっていた。北千島や中部千島では、島人達がロシア風の衣服を身に着け、ロシア正教に入信する者も現れていた。

幕府が最も危惧していたことは、松前藩を憎む蝦夷人たちが、有利な交易やキリスト教の布教に惹かれてロシア側に靡《なび》くような事態であり、クナシリ・メナシの戦いのような騒乱が再び起こった時に、蝦夷人達の要請でロシアが介入してくる事態さえ想定されたのである。

すでに「赤蝦夷風説考」の中で工藤平助が指摘していることだが、当時、「ロシアには対外行動の際の型のようなものがあり、周辺の異民族の間で争いが起こった時、救援を求めてくる一派に加担して出兵し、争いの鎮静の後に、求めに応ずる形でその地域を領土に編入することを繰り返してきた」という認識がヨーロッパ諸国の間にあったのである。同じことをオランダからも和蘭風説書を通じて知らされていたことも幕府の警戒心をいっそう掻き立てていた。

現地から伝わってくる情報に加えて、オランダを通して千島や樺太でのロシアの動静を察して危機感を募らせた幕府は、松平定信の時代に取りやめになっていた蝦夷地への介入に再び踏み切ることにした。定信は、すでに寛政五年に老中を退任していた。蝦夷地政策はここで三転することになる。

寛政十年（一七九八）、幕府は蝦夷地の防備と松前藩による蝦夷地経営の実態について本格的な調査に乗り出すことを決意し、目付 渡辺久蔵、使番 大河内善兵衛、勘定吟味役三橋藤衛門以下一八〇人にのぼる人員を派遣することにした。

同年五月に蝦夷地に達した一行のうち大河内善兵衛は東蝦夷地を巡回し、その別動隊として配下の近藤重蔵がクナシリ島、エトロフ島を踏査した。近藤には最上徳内が下役として同行している。徳内は十四年前に田沼意次の主導で行われた探査の時以来エトロフ島に渡るのは三度目だった。クナシリ、エトロフ両島の間の海峡は難所として怖れられていたが、彼らは蝦夷人の小舟で危険を冒してエトロフ島に渡り、島の南端に「大日本恵登呂府」の標柱を立てている。

一方三橋は西蝦夷地を巡視して宗谷に至り、テシオ（手塩）川を遡上してその源流域から転じてイシカリ（石狩）川の川筋に沿って下り、内陸の状況を探査した。多大の困難を排して各々の担当地域で充実した踏査を行った一行は合流して江戸に帰り、十一月には松前藩の現地支配の実態をはじめ、国境警備が放擲《ほうてき》されている現状を報告した。

報告を受けるや、老中 安藤対馬守以下の閣老らは異例とも言えるほどの素早さで対処を始めた。早くも同年十二月には当座の七年間という期限付きではあるが、松前藩に蝦夷地の内、東蝦夷地を「上知《あげち》」、すなわち領地返納するよう命じて、幕府自らが経営に当たる「直捌《じきさば》き」とすることを決定した。

その責任者として御書院番頭《ばんがしら》 松平信濃守忠明を蝦夷地取締御用掛筆頭職に抜擢し、翌月には追加して勘定奉行 石川左近将監《さこんしょうげん》忠房、目付 羽太《はぶと》庄左衛門、使番《つかいばん》 大河内善兵衛、勘定吟味役 三橋藤右衛門を同役に任じた。以来「五有司」と呼ばれることになるこの五人に加えて、寄合 村上三郎右衛門、西丸小姓組 遠山金四郎、西の丸書院番組 長坂忠太郎の三名を幕僚格の差し添え役とし、その他に総勢七十名が蝦夷地御用に任ぜられた。彼らに付随する者達に加え、大工、土工、漁師、船乗りなど開発に携わる者達を合わせると五百人以上の人数がこの時蝦夷地に渡ることになった。

五有司の面々は、この度の一挙は北方の安寧を守る為の幕府の並々ならぬ決意の現れと心得、それを担うことの使命と責任を強く自覚していた。彼らは役目に取り組むにあたり、度々協議を重ねて、蝦夷地経営の基本方針とも言うべき申し合わせを作成し、幕閣に提出して承認を得ている。

その内容は、

・蝦夷人を苦しめてきた松前藩の場所請負制を撤廃し、今後は商い場に蝦夷地御用の役人を置いて公正な交易を行なうこととする。

・悲惨な状態にある蝦夷人に対しては撫恤《ぶじゅつ》を旨とし、差別的な処遇を廃する。困窮する者には住居、衣類などをあてがい、病者には施療し、恩徳をもって外人の扇動に乗ることの無いように導く。

・蝦夷人に耕作、漁労の用具を与えて生計の道を教え、和語を習わせるなど和風になじむよう奨める。

・ロシアは既にウルップ島まで進出しているので、エトロフ島の警戒を厳にし、要地に兵力を駐屯させる。

・道路を整備し、一定の道程毎に舎屋を設けて馬匹《ばひつ》を配置し、交通の便をはかる。

などの条項からなっており、以後蝦夷地で行なわれる方策はすべてこの申し合わせに沿って行われることとなるのである。幕府が新たな施策を始めるにあたって、このような手続きを経るのはかつてないことであった。

「この度のご奉公ばかりは名利《みょうり》栄達は別のこと、身を捨ててかからねばなるまいぞ」

というのが彼らが言い交わした約束事であった。

さしあたり石川左近将監と、羽太庄左衛門は江戸にあって財務と支援の事にあたり、松平信濃守以下の三名が現地に赴いて蝦夷地経営の端緒を開くための実務を始めることとなった。


御書院番頭の一人であったとはいえ、数ある幕臣の中で格別の評判があるわけでもなかった松平信濃守忠明が、蝦夷地取締御用掛の筆頭職に抜擢されたのはどのような訳だったのだろうか。

後に信濃守となる豊後竹田七万石の大名家の四男坊が、信州更科《さらしな》郡塩崎に陣屋を構える五千石の旗本 松平家の入り婿となり、忠明と名乗ったのは天明四年のことで、この年将軍 家治にお目見えし、翌年二十七歳で養家の家督を継いだ。(出生の届けが遅れたのが原因で幕府の公的記録では二十一歳となっているが、これが実の年齢であった)

実家では特に利発さが目立つような存在でもなく、不遇であった忠明が、周りが驚くほどの出世を遂げる端緒は、若年寄の堀田摂津守正敦との出会いにあったのかも知れない。

堀田は、初対面の挨拶を受けた時から何処《どこ》が気に入ったものか、以後忠明に目をかけてくれるようになった。大名家に生まれながら実家では恵まれず、養家で花開こうとしている境遇が自らに似ていることもその一因だったのかも知れない。若年寄は幕閣の中でも老中に次ぐ重職であり、寄合席と呼ばれる大身旗本はその直属の支配下にあった。

養父が生涯寄合席のままで終わったのとは対照的に、忠明は寄合肝煎《きもい》りとなったのを皮切りに、御小姓組番頭となって従五位下信濃守に任官し、その後西の丸御書院番頭、そして御書院番頭にまで順調に昇進を果たしてきた。

幕府の緒役の中で、行政や裁判などを司る文官職が役方と呼ばれるのに対して、軍事に関わる武官職は番方と称された。六組ある御書院番の番頭は将軍隷下の親衛隊長に相当し、徳川幕府の番方の中で最高の役職であった。

殿中での控えの間は菊の間広縁詰で、雁の間と並んで老中らが通る通路に近いので自然幕閣の目に止まりやすく、下問される機会にも恵まれている。それが得難い機会であると心得ている忠明は、幕閣の間で話題となるほどの内治、外交の案件には常に目配りを怠らなかった。仙台藩医の工藤平助が著し、田沼意次がその趣旨を採用したという『赤蝦夷風説考』にも目を通していて、蝦夷地の治政やロシアに対する北辺の備えについても一通り以上の見識を持っており、考えるところを老中に建言したことさえあった。

この度慌ただしく決定された松前藩からの東蝦夷地上知と、幕府による直捌きを始めるにあたって、その責任者を誰にするか、幕閣達はすぐにもその人選を迫られていた。新たな直轄地の経営という意味では全国に散在する多くの天領と同様に、経済官僚である勘定奉行所に所属する者のうちに人材を求めるのがむしろ自然と思われるが、この度の仕置きの眼目はロシアに対して武威をもって対処する姿勢を示すことでもある。さしあたっての兵力として、南部、津軽両藩から藩兵各五百名を蝦夷地に派遣する予定になっているので、総師としてその指揮を執るのは番方である方が相応《ふさわ》しいとも考えられた。ついては、幕閣達はその候補と目される者達に所存を聞いてみることにした。

かつて建言をしたことがあったのを憶えていた老中から呼び入れられた忠明は、居並ぶ幕閣達の前で、あらためて蝦夷地へのあるべき対処についての所存を聞かれた。かねて研究済みの事柄に加えて、蝦夷地探査から帰ったばかりの役人達から伝わってくる情報をもとに、北方防備と蝦夷地経営のあり方について熱っぽく、よどみなく思うところを開陳する忠明に、幕閣達は一様に、

「ほう、この者ならこのお役目、任せられるやもしれんの」

という印象を抱いたようである。その機を逃さず、若年寄堀田正敦が切り出した。

「これはあくまで仮に、ということであるが、仮に蝦夷地御用を仰せつかるようなことがあらば、そこもとにはお受けする覚悟があろうか。これは尋常のお役目にはあらず、一命を賭した使命ともなろうが」

この問いへの返答が容易ならざる試練の始まりを意味することは明らかだったが、忠明には燃えるような功名心と己の能力への自負があった。

「只今は御上の有難き思し召しにより、御書院番頭という重きお役目を承っておりまするが、このまま一通りのお役を遂げることは拙者の本望にはあらず、もし折あらば一身を懸けたご奉公に励みとうございます」

このような問答を経て、蝦夷地御用の筆頭職人事は決まったのであった。この時忠明は四十歳、年齢的にも申し分のない適役と見えた。

巡行

江戸から蝦夷地まで海路で行くことができればそれに越したことはないのだが、当時それは容易なことではなかった。津軽海峡から三陸沿岸を経て江戸に至る東回り航路は既に百三十年ほど前の寛文年間に河村瑞賢《ずいけん》によって開かれていて、南部、仙台などの東北諸藩から江戸に向けて廻米が運ばれ、江戸からは古手（中古衣類）、雑貨、醤油などの商品が運ばれていた。しかしこの航路は「地走り」と呼ばれる沿岸航路であったため夜間の航海は困難で、風待ち、日和《ひより》待ちのために所要日数の目途が立たぬことが多かった。

このことで蝦夷地取締り御用筆頭役に決まったばかりの信濃守に進言する者があった。この度の東蝦夷地上知にあたっては、蝦夷地東部の中ほどに位置する天然の良港で、従来物資の集積地であるアッケシ湊の重要性に注目するべきだ、というのである。というのも、当初上知された東蝦夷地は日高山脈西部のウラカワ（浦河）以東であって、もちろん箱館は入っておらず、地理的にもアッケシは東蝦夷地経営の拠点として有望であった。ついては、アッケシ湊と江戸とを直接結ぶ航路を早急に開くことが肝要であろう。

この進言を容れた信濃守は、天文航法に通じているとして推挙された幕府天文方の堀田仁助を起用して、新航路の開拓を命じることにした。自身が蝦夷地に出立する直前のことである。

命を受けた幕府御船方が運用する千二百石積みの官船 政徳丸は、三月十七日に品川を出帆し三陸沖に向かったが、あいにく稀に見る悪天候続きで難航し、やっとアッケシ湊に着いたのは三ヶ月以上経たった六月二十九日であった。

しかしこの航路への挑戦はその後も続けられ、五十年後の嘉永年間になると片道半月程度で航海出来るようになっている。

不確実な海路を避けた松平信濃守は、三人の差し添え役以下の人数を従え、公儀御用を示す朱塗りの槍を立てて、寛政十一年三月二十日、江戸を出立した。

奥州街道をたどった一行は早くも四月初旬、津軽半島北端の三厩湊《みんまや》に到達した。

ここから津軽海峡を渡るのに用いられるのは図合船《ずあいぶね》と呼ばれるせいぜい百石積程度の船で、艪漕ぎと帆走を併用して津軽から江差、松前、箱館あたりを結んで人と物資の運送にあたっている。もとより千石を積む北前船などには遠く及ばない、小振りの船である。このような船が五艘ばかり、公儀御用というので艫《とも》に日の丸の旗印を立てて待機していた。

一行は数日風待ちをしたが、船頭が諾《うべな》うほどのよい風向きの日はなかなか訪れなかった。足場の悪い僻陬《へきすう》の地に留められている上に、重責を担って一日も早く蝦夷地に渡りたい忠明は、そのうちに待ちきれなくなった。

「目先に対岸の山が見えておるほどの海を渡るに何ほどのことがあろうか、このような所にいつまでも滞留するわけにはまいらぬぞ」

という鶴の一言でご出立ということになれば、船頭達もこれ以上の風待ちはあきらめざるを得なかった。

津軽側の竜飛岬《たっぴ》と蝦夷地松前半島南端の白神岬の間の五里ほどの海峡は海の難所に

数えられていて、「竜飛白神中潮」と呼ばれる潮流が、潮の干満にかかわらず東流している。当日は船頭が待っていた辰巳《たつみ》（南東）の風ではなかった上に潮の流れが乱れ気味で、艪漕ぎの数を増やして水主たちが力漕するのも空しく一行の船は海峡半ばで東に流されるのを堪《こら》えるのが精一杯の、立ち往生の有様となった。

先触れによって一行の到着を待っていた対岸から、数十艘もの援け舟が出てきて、やっと松前の地にたどり着くことができたが、皆々は船中に倒れ伏し、あるいは嘔吐し、中には人事不省に陥った者もあり、狼藉《ろうぜき》極まる有様だった。

ともあれ四月九日、一行は松前に到着して、松前藩家中に迎えられ、東蝦夷地経営の端緒につくこととなった。

この時の渡海ですっかり懲りた一行は極力陸路をとることにした。とは言え、松前、箱館などの限られた町場を出れば、蝦夷地には内陸部はおろか海岸沿いにさえ、わずかに蝦夷人の通る踏み分け道程度のものがある以外には道と呼べるようなものはなかった。商い場の運営には船で海岸線を巡るだけで足りると考えた松前藩が、費用と労力のかかる道路の開削に全く意欲を持たなかった結果である。

道路の整備は蝦夷地開発の根幹であり、蝦夷人たちの生業《なりわい》を賑わせるための撫育政策にもかなうことなので、未開の陸路を歩くことは実地調査という意味でも意義のあることだった。

信濃守一行の探査行は、視察を兼ねながら、新たな施策を現地で始めることを目的としている。海岸沿いに設けられている商い場に泊まりを重ねる毎に、これまでの「運上所」という呼び名を「会所」と変え、番人の者達に蝦夷人への対応を改めるように命じた。すぐにできることではないが、会所には交易に立ち会う役人と、蝦夷人に施療する医師を配置する事も決まっている。蝦夷人に未開のままで居ることを強いる隔離策は直ちに撤廃し、その反対に種を播くことや漁網の使い方を教え、和語を習わせ、着物を着て髷《まげ》を結う風俗に到るまで、和風に馴染ませることが新たな方針なのである。

箱館を発った一行はまず北上して海岸沿いにアブタ（虻田）を回り、ヒダカ（日高）の要地、ウラカワを目指して南下した。その先に立ちはだかる山々には、季節は夏というのに雪が厚く残っていた。この山脈が交通の大きな妨げになっている事には蝦夷地御用の役人たちも早くから気付いており、蝦夷地の東西を陸路で結ぶために、エリモ岬の北西にあるサマニ（様似）湊を起点に「サマニ山道」の開削工事がすでに始まっていた。

この現場を過ぎるとき、信濃守は蝦夷地御用の統括者として工事の進捗を検分した。現場の監督に当たっているのは昨年近藤重蔵と共に三度目のエトロフ島探査を終えたばかりの最上徳内であった。徳内は幕府普請役という本来の役目柄、道普請の責任者に任じられていたのだが、この山道開削の重要性がよく分かっていたので、任務を天命と心得て奮い立っていた。

この時、信濃守が徳内を叱責したことからちょっとした悶着が起こった。

信濃守は工事の進捗が遅いことを問題にしたのだと思われる。道路は出来上がってこそ業績になるのだから、何時完成するとも分からないような工事では困ると思ったであろうことは想像に難くない。ところが徳内は、天と地程身分の離れた、長官の立場にある貴人からの叱責に対して、恐れ入るどころか反論した。

「畏れながら、基幹となるべき道の普請でござれば、工事の拙速はよろしからず」

蝦夷地の厳しい風雪に堪えるために、内地の道路より一層の強度が必要であることを理解してもらおうとして、つい教え聞かせるような口調になった。衆人注視の中でまさかの意表を突かれて、恰好がつかなくなった信濃守の逆上のなせる業かと思われるが、徳内はその場で「御取り放ち」、すなわち解職の処分を受けたのである。

一行はサマニの宿駅で一泊し、翌日、道普請がまだ及んでいない日高山脈を、エリモ（襟裳）岬の付け根あたりの鞍部で何とか越えた。そこからは海岸線を東にたどり、トカチ（十勝）川を渡ってクスリ（釧路）を過ぎ、アッケシに至った。

この湊に向けて航路を開くために、ほかならぬ信濃守の命によって官船政徳丸が去る三月に江戸を出帆したはずなのだが、その姿は停泊している船のなかには見当らなかった。東蝦夷地経営の有力な拠点と目されているこの天然の良港には、蝦夷地北東岸のシベツ（標津）、メナシ（目梨）をはじめ、遠くはエトロフ島からまでも蝦夷人たちが産物をもたらし、物資の集積地になっている。湊の周りの海は魚介類が豊富で、六月のこの時期、近くの海域には豊富な餌を求めて鯨も多く集まるらしく、岸部近くの高台からは沖で鯨が潮を噴いている光景が遠望された。

アッケシからは海岸線を離れてネムロ（根室）半島の北側を東行しクナシリ島を望むネムロに出た。そして七月初めに今回の踏査行の最終地シベツ（標津）に達した。

帰路はシベツ川を遡上し、内陸に分け入ってアカン（阿寒）の山岳地帯を山行すること三日、やがてクスリ川を下って海岸線に至り、そこからは海路をとって、八月に入った頃ようやく箱館に戻ったのだった。

N
ソーヤ岬
クナシリ島
シレトコ岬
シベツ
トマリ
西蝦夷地
メナシ
ノサップ岬
アカン湖
ネムロ
ウラシベツ
東蝦夷地
アブタ
クスリ
アッケシ
箱館
和人地
ウラカワ
トカチ
サマニ
松前
下風呂
エリモ岬
津軽海峡
尻屋崎
三厩

蝦夷地地図

大きな川筋でわずかに蝦夷人の丸木舟を使った外はすべて歩くしかない道なき道を日頃旅慣れない江戸の旗本達が踏破できたのは、彼らに強い使命感があったればこその壮挙であったと言ってもよいであろう。

一行が箱館に到着すると、この度上知される東蝦夷地の範囲が知内《しりうち》川以東に広げられたという知らせが待っていた。知内川は松前のごく近くに位置していて、箱館を含む広大な地域が新たに上知の範囲に含まれることになった。東蝦夷地の内のウラカワ以西を残されても持て余すばかりと見た松前藩が支配地返上範囲の追加を願い出、それを幕府が受け入れた結果であった。同時に幕府の東蝦夷地経営の拠点は箱館と決まり、箱館湊の傍にあった松前藩の旧亀田番所を接収して仮役所がすでに設置されていた。

箱館の湊は船乗りによく知られた良港で、南に聳える箱館山から東に向かって湊を抱くように伸びている砂洲が波風をよく防ぎ、碇の掛りもよく、弁才船が停泊するのに絶好の条件を備えていた。海岸近くには倉庫や人家も立ち並んでおり、後方に控えた亀田平野では蔬菜《そさい》や芋類などが栽培されていた。

信濃守の一行は、別方面の視察を終えた大河内善兵衛と三橋藤右衛門の一行と合流し、昨年の調査以来駐在している者や、更にそれ以前から地元の事情をよく知る役人たちも交えて蝦夷地経営を軌道に乗せるための方策を評定した。

江戸を出立するに当たり、忠明は勘定奉行の石川左近将監から念を押されたことがあった。

「信濃守殿、よろしゅうござるか、この度の仕置きはロシアに対する備えと、蝦夷人共の撫育を図ることが肝要な所ではござるが、東蝦夷地を直捌きとするからには、収支の見合うものでなければなりませぬ。当座の費《つい》えは権現様以来の御金蔵の金銀で賄われることにはなっておりまするが、限りがござる。このこと、くれぐれもお忘れなきよう」

勘定奉行としては、五有司筆頭に任じられている番方の信濃守に財務に目配りできる器量があるのか、大いに気になるところであったろう。そのような目で見られているであろうことは忠明にも分っていた。

松前藩がこれまで最重要の財源としてきたように、今後の東蝦夷地経営においても豊富な海産物資源から上がる収益が鍵となることは動かしようがない。

諸悪の根源とされた場所請負制の廃止はすでに決まっていたが、蝦夷人たちに潤沢な下され物を施してその悲惨な境遇を救済し、しかも収益を上げるには、ひとえに海産物の取れ高を上げ、その価値を高め、海運を充実させる以外に王道は見当たらなかった。

数年前から蝦夷地に関わって、このあたりのことが分かっている勘定奉行所出身の役人達は幾つかの腹案を練っていた。最も期待されているのはエトロフ島の漁場開発である。かの島は蝦夷地の中でも取り分け資源の豊かな所であることが知られていながら、航路が開かれていないために場所も置かれておらず、未だ手付かずとなっている。

エトロフ島とクナシリ島の間のクナシリ海峡には季節を問わず南に向かう強い潮の流れがある上に霧のかかる日が多く、海の難所として恐れられていた。和人の船乗り達にとっては未知の魔の海であり、彼らが船を出そうとしないため、エトロフ島への渡海には蝦夷人が操る小船に運を天に任せて頼るほかなく、破船や漂流の危険とは常に隣り合わせであった。もしこの海峡を船が自在に通うようになれば、数十カ所にも及ぶ新たな漁場を開くことができる筈だった。

エトロフ島近海の鯨も話題になっていた。エトロフ島へ渡ったことのある者達は、和人、蝦夷人を問わず、異口同音に島の周りに鯨の多いことを語っており、現に寄り鯨と呼ばれる鯨の漂着がある時には、鯨油や塩引きにした肉、鯨髭が産物として届いている。もし島に鯨組を置くことが出来れば、大きな収益が見込めるのではないか、という話が役人たちの間で期待を込めて交わされていた。

ことに昨年エトロフ島に赴いたことのある近藤重蔵は、かねてからロシアに対抗するためには島に多くの和人が在留する必要があることを力説しており、それには鯨組を置くことが最も効果的である旨の建議を送ってきている。

それから旬日を経ず、これらの目論見をにわかに現実のものとする朗報が届いた。先ごろ話題となったばかりのクナシリ海峡の水路が開かれたというのだ。近藤重蔵の依頼に応えた北前船の直乗り船頭、高田屋嘉兵衛という者が、危険を冒すことなく海峡を乗り切ることに成功したことを、帰着したばかりの箱館の湊で、自ら役所に報告したのだ。

かねてから蝦夷地御用の役人たちに注目されていた高田屋嘉兵衛は、この快挙によってエトロフ島開発の表舞台に躍り出ることになった。

淡路島の細民の出の嘉兵衛は、沖船頭として航海の経験を積んだ後、三年前から摂州兵庫湊を本拠に、持ち船辰悦丸《しんえつまる》の直乗《じき》り船頭として蝦夷地交易に乗り出していた。酒田湊に入港した時に、折から当地に出張していた勘定奉行配下の高橋三平に見出され、のちには上司の三橋藤右衛門にも引き合わされて、幕府御用を務めるきっかけとなったのであった。

辰悦丸は当時としては破格の千五百石積みで、蝦夷地の荒波にも耐える堅牢さと間《ま》切《ぎ》りの性能を備えた評判の船であった。間切りというのは、横風や逆風に近い斜めの風に対して帆と舵の向きを調節することによって目的の方向に船を進ませることを言い、竜骨構造を持たない弁才船でもある程度はこれが出来たのである。

嘉兵衛は今年からは弟の金兵衛を支配人にして箱館に店と倉庫を構えることにして、魚肥（〆粕）と魚油を主体に、塩引きの魚、昆布といった蝦夷地海産物の商売を広げようとしている最中で、扱う産物を辰悦丸だけでは捌ききれず、新たに手船を増やす算段をしている所だった。というのも、昨年縁ができたばかりの蝦夷地御用役所から東蝦夷地を直捌きするのに必要な品々の回漕を頼まれ、断り切れずその仕事を引き受けるようになった為に一層荷捌きが忙しくなっているのだった。

藩と結んで蝦夷人からの収奪を専らにしてきた松前の商人達と違って、嘉兵衛は漁場を広げ、漁獲を増やすことで自らの商売と蝦夷人達の生業《なりわい》の両立を図ろうとする姿勢を持っており、その点は蝦夷人達の撫育《ぶいく》を方針としている御用役所の目指すところに良く合致するものであった。

前年エトロフ島渡海を果たした後、この春からアッケシに駐在していた近藤重蔵は、たまたま辰悦丸で入港してきた高田屋嘉兵衛が航海上手として評判が高いことを聞き込み、面談してエトロフ島への水路の開拓を懇願した。

嘉兵衛としては、命がけの仕事を引き受けるほどの義理があったわけでもなかったのだが、水路の開拓はいずれ誰かがやらねばならぬ大事であることを納得し、あっさりと引き受けたのだった。別段見返りを約束されたわけでもなかったが、嘉兵衛としてもエトロフ島に新たな漁場を開くことは大きな商機と思えたに違いない。嘉兵衛は辰悦丸を航海士役の表仕《おもてし》を務めている者に任せて次の湊に向わせ、単身船を下りた。

嘉兵衛がこの時に用いたのは御用役所が使っている宜温丸《ぎおん》というわずか七十五石積みの図合船《ずあいぶね》で、出発の前にアッケシ湊で申し訳程度の波除け板を舷側に取り付けて、大波への備えとした。この船をクナシリ島の東北端、アトイヤ岬の傍の泊地に入れると、嘉兵衛は海を見下ろす小高い山に登り、十日余りを海峡の潮の流れを眺めるのに費やした。

彼が見究めたところによれば二島の間には三筋の潮が流れ込んでいた。その流れの拠って来たるところを嘉兵衛が知っていたわけではないが、それははるばる宗谷岬を越えて蝦夷地の東岸に沿って南下してくる対馬暖流の末の流れ、オホーツク海から樺太の東海岸に沿って下ってくる冷水帯、そして同じく千島列島の北岸を伝って来る流れの三つだった。ともに南に向かうこの三つの潮が海峡の中ほどでぶつかってせめぎあい、激浪《げきろう》をなすのである。

この海域を避け、しかも南に向かう本流に逆らわなければ図合船程度の船でも十分乗り切れる、と嘉兵衛は見た。大きな潮の流れる所では沿岸に逆潮《さかしお》と呼ばれる反対流が生じるものなので、それも利用できる筈だった。

嘉兵衛は、先ず南に向かう潮を右に見ながらアトイヤ岬から北に向けて、極力逆潮に乗りながら帆走と櫓漕ぎを併用して登り上がった。対岸のベルタルベ岬からは一旦離れることになるが、不安がる乗り組みの者達の声を無視してそのまま六里ほど北上を続けた。頃や良し、と見たところで舵を東に切って南流する潮に乗り入れた。流されて斜めになりながらも櫓の数を増やして潮の流れに逆らうことなく漕ぎ続け、海上

シャナ
ルベツ
ヲイト
トリカマイ
アトサノボリ山
ナイボ
タンネモイ
アトイヤ岬
クナシリ海峡
ベルタルベ山
クナシリ島
ベルタルベ岬
シラヌカ湾
N

エトロフ島

六里を渡り切ってエトロフ島南西岸のタンネモイに無事到達したのだった。アイヌの舟人たちがあれほど恐れていた激浪には全く会うことなく、舷側に取り付けた波除けの板もほとんど濡れていなかった。そこからは岸に沿って北東に向かい、ナイボ湾に碇を入れるまでに鯨が潮を噴いているのを何回となく見て、このあたりが鯨の多い海だという印象を深くした。

この時の嘉兵衛には水路を開くこと以外に特別の目的はなかったのだが、折角ここまで来たのだからというので、宜温丸を走らせてエトロフ島の海岸線を見て回ることにした。

エトロフ島は火山の連なりによってできた島で、あちこちに湾をなしている噴火口の跡や、かつては煙を上げていたに違いない三角錐の山が見られた。島の平坦な部分は、流れ出た溶岩と、隣り合う火山の間に海流が砂を堆積したことによって形作られている。この島は千島列島の中で一番大きく、佐渡ヶ島の三倍半、淡路島の五倍もの広さがあった。

島の中ほどを過ぎてシャナ（紗那）の近くまでくると、海岸の砂浜に鯨の骨格と思《おぼ》しい残骸のようなものが幾体分も転がっていた。集落の蝦夷人達に聞いてみると、このあたりの海岸には冬が近づくと毎年寄り鯨と呼ばれる鯨の漂着があり、昨冬は特に多くて大小合わせると六頭もの鯨に恵まれたのだという。残骸はその名残なのだった。

嘉兵衛は十日ほどでクナシリに戻ったが、宜温丸に同船してきた中で蝦夷言葉が話せる寅吉と又四郎という番人に、しばらく残ってエトロフ島の海岸で漁場になりそうなところを見て回るよう命じていた。別に頼まれたわけではなかったが、近藤がさぞ喜ぶだろうし、来年からの自らの商売にとっても役立つと思ったのである。

二人の番人はそれだけでなく、島の蝦夷人達に会所を建てるための木材を来年までに切り出しておくように頼み、二月ほど遅れて蝦夷舟でクナシリに帰った。

箱館の御用役所の役人たちから、届いたばかりの高田屋嘉兵衛のエトロフ航路発見の報告と、その大いに用いるべき有能ぶりを聞いた信濃守は、大河内善兵衛と三橋藤右衛門にも声を掛けて仮役所に嘉兵衛を呼び出し、話を聞いてみることにした。

箱館の店で来年の商売の算段を手配中であった嘉兵衛は、役所からの差し紙を受けて、早速出頭してきた。

今年から勘定に昇進している高橋三平が上座に居並ぶお歴々の前に平伏し、板敷き

に控えている嘉兵衛を尻目に
「お召しにより、摂州兵庫湊 直乗り船頭、髙田屋嘉兵衛 罷り出でましてござります」

と取り次いだ。船の上でこそ船頭としてたてまつられる立場であっても、素っ町人の身分では、雲の上人《うえびと》である幕府の高官達に自ら名乗ることさえ憚られるのである。しかし信濃守としても用あってこちらから呼び出したからにはそのような制約は無視するしかない。

「出先の御用向きの事である故、苦しゅうない。高田屋嘉兵衛とやら、そこにおっては話も出来ぬゆえ、遠慮せず中に入って対面せよ」

それでもすぐにお言葉に甘えることは出来ない、面倒な世の中なのである。しばらくモジモジと遠慮する儀礼的な一幕を経て、高橋三平に促されてようやく話のできる形になった。

「高田屋嘉兵衛とやら、この度はクナシリ、エトロフ両島間の難所の瀬戸を見事乗り切り、水路を開いたそうじゃな。蝦夷地御用にとりて、その功まことに大なるものがある。重畳《ちょうじょう》じゃ」

「勿体ないお言葉、恐れ入りましてございまする」

「かねてから、かの島は海の産物の至って多きところと聞くが、新たに漁場を開いた後にはどのような産品を見込んでおるのかの。また、近頃蝦夷地から北前船で運び、利を上げておるのはいかなる物であろうか」

「畏れながら申し上げます。大坂、兵庫辺りの海産物問屋がこの頃一番に欲しがりますのは、先ず魚肥でございましょう。鯡《にしん》や鱒などから油を搾り取った後の〆糟は、この頃ではこれなしには桑はもちろん、綿や藍などの作物を作ることはかなわぬと申しまして、木綿綿《わた》や藍玉の入用《いりよう》が増えておりますので百姓衆が欲しがり、飛ぶように売れるそうでございます。次には鮭や紅鱒の塩引き、昆布も人気があり、鰒《あわび》や海鼠《なまこ》、鱶《ふか》の鰭《ひれ》を干した俵物は長崎で唐人向けに良く売れております。

エトロフ島の北岸では産卵の時期になりますと鱒が群来《くき》をなして川筋に押し寄せるそうでございますので、漁場に網を仕掛け、大釜を備えれば、〆糟と魚油はよほどの獲れ高が見込めると存じます。

その他には鯨の油、鯨肉の塩引き、鯨鬚も高直《こうじき》で売れますので、鯨の多いエトロフ島で猟ができるようになれば良い利が望めるかと存じます」

「ほう、鯨がのう、御用役所でもその事はかねて聞き及んでおるが、かの海にはさほどに鯨が多いものであるか」

「手前がこの七月に島に渡りました折にも何頭も見かけましてございます。蝦夷人共もそう申しておりますので、多いことに間違いはないかと存じまする」

この時に信濃守から水路開拓の功労にお褒めの言葉を頂いたことも働いて、後に蝦夷地定雇《じょうやとい》船頭に任じられるに当たって、嘉兵衛は御公儀から苗字帯刀を許される身分になった。


九月、松平信濃守は半年に及ぶ直々の東蝦夷地巡回を終え、会所の設置や道路整備などにも目鼻を付けて所期の目的を果たし、江戸への帰路についた。往路では津軽海峡を渡るのに難渋し、船酔いで苦しめられた記憶がよみがえる思いだったが、この度の帰帆では順風に恵まれ、何事もなく津軽三厩《みんまや》湊に渡ることができた。

奥州街道を江戸に上る馬上で、忠明は先日箱館の仮役所で高田屋嘉兵衛と面談した折の記憶を反芻しながら、今後いかにして蝦夷地直捌きの実を上げるか、そのことに思いを巡らしていた。

嘉兵衛からつぶさにエトロフ島の資源の豊かさを聞き取った忠明が、中でも興味を惹かれたのは、島の廻りには鯨がことのほかに多いという話であった。

宝の海に恵まれていながら、漁労の術を知らない島の蝦夷人達が、魚が獲れずとも飢えることなく何とか冬を乗りきることが出来るのは寄り鯨があるおかげだという。エトロフ島の島人達が今に生き永らえているということは、言葉を換えれば毎年十分な寄り鯨に恵まれ続けたということで、この海に鯨が多いことの証でもあろう。

近藤重蔵が建言しているように、もしエトロフ島に鯨組を置くことができれば、鯨猟で得られる収益もさることながら、数百人に上る筈の人数が島に滞在する事による様々な効用を想定することが出来た。

何と言ってもロシアに対して勢力を示すことになるし、北方の千島の島々に影響が広がることは明らかだ。戦舟にも例えられるという頑丈で快速の鯨舟と、屈強の漁師共は、いざと言う時には戦力として大いに役立つであろう。また、上国とされる九州肥前辺りから来る者等と漁労を共にしたり、立ち交じって暮らすことは、蝦夷人達を教化し、和風に親しませる機会を与えることにもなる。良いことずくめではないか。

エトロフ島で鯨組を起こすこと、もし叶えばその勲《いさおし》は如何ばかりか。

嘉兵衛の鯨の話を聞きながら、忠明の脳裏をよぎったのは、昨年の正月、堀田正敦の屋敷に招かれた折の記憶である。その時に味わった鯨料理と肥前平戸の鯨談義は今も鮮明に思い出すことができる。

その日の供応の膳には鯨の白身肉の吸い物に刺身が並び、脂身と赤身肉の湯引きには山椒の実と、ぬたが添えられていた。差し渡し六寸もあるような丸い薄切りの肉の酢漬けもあり、これは辛子にて食するものらしい。山国の豊後竹田の大名家の出自である忠明には初めて目にするものばかりだった。

「これらは鯨かと見受けますするが、江戸においても至って珍しきものでございますな、山国育ちの拙者などは、鯨と申せば舌の曲がるほどに塩辛く、臭みのある塩漬け肉しか存じませぬが、只今頂いておる膳の上の品々は塩気もなく、何やら良い香りすらいたしまする」

「これは松浦壱岐守殿からの到来物での、冬浦、春浦と申して、鯨猟は年に二度時期があるそうじゃが、殊に今頃の寒中に届く極上の鯨は臭いもなく実に美味で、重宝しておる。鯨などは貴殿にも珍しかろうゆえ、味おうて貰うのが今宵の趣向じゃ。

この丸いものは鯨の百尋《ひゃくひろ》と申して腸の輪切りじゃそうな、このようなものが百尋分も腹の中に収まっていると聞けば、平戸の海を泳いでおる鯨の大きさは思いも及ばぬの、ハッハッハ」

お気に入りの客人と美肴《びこう》に興じる正敦は上機嫌だった。

「誠に美味なるものでございます。さては、壱岐守殿は摂津守様になんぞお願いの筋がおありと見えますするな」

「ウム、そのことじゃよ、壱岐守殿は若年のころより幕閣に名を連ねたいという宿願を持っておるようでの、かつて田沼意次の盛のころには三日と空けず田沼通いをしておったと聞くが、その失脚後は老中筆頭となられた定信公に宗旨替えじゃ。その頃以来、若年寄を務めておる身共の下にも鯨が届くようになったという巡り合わせでの。五年前に定信公が老中をお引きなされた後にも鯨は毎冬律義に届いておって、貴殿もその裾分けで口福《こうふく》の功徳に与っておると言う次第じゃよ」

鯨料理の講釈などでひとしきり酌み交わしたところで、正敦はちょっと真顔になってこう教えてくれた。

「ところでその定信公が、かねてからの朱子学尊重の顕現として昌平黌を幕府の正学の府と定め、荒れておった湯島の聖堂を大改築なさる手筈になっておることは貴殿も聞いておろう。このご普請に壱岐守殿は何と二万両の御加勢を申し出たそうな、こんにち何処の藩でもお勝手向き容易ならざるご時世と申すに、なんとも豪儀な話ではないか。それもかの藩の鯨組からの運上金から出たものじゃと申すぞ。鯨と申すもの、よほどの利を生むものらしいの」

堀田屋敷での宴の宵のあと、登城の時にそれとなく気にかけていた松浦壱岐守のことは、間もなくそれと知れた。

江戸城の殿中での控えの間の内、雁の間や菊の間広縁は老中らの通る廊下に近く、そこに控える者は彼らの目に付きやすいことは先に触れた通りだが、奥の方にある柳の間詰めの大名などは、その機会に恵まれにくいのは自然の成り行きである。その柳の間あたりから、御廊下を閣老らが話を交わしながら通り過ぎる折に、さも用ありげな様子をして顔を出す人がある。

「ははあ、さては何とかお歴々の目に止まろうという算段であろうかの、さすればあの仁が壱岐守殿か」

と見当をつけて、通りかかった茶坊主に確かめると、肯《うなず》きながら

「壱岐守様もご苦労なさることでございます」

と答え、笑いを押し殺すように下を向いて足早に去っていった。幕閣たちは何事もなく通り過ぎて行き、壱岐守は空しく元の席に戻っていく。その後ろ姿は、武芸者のような筋骨逞しい体格が、かえって哀れを催すようにさえ感じられて、忠明は
「茶坊主に嗤《わら》われるようでは、御熱心もかえって如何なものであろうか」

と思ったことだった。

その後聞き及んだところでは、柳の間出仕の大名の登城日は月に三、四度ほどと少ないのだが、普通は御用の済み次第昼過ぎには退出するところを、壱岐守は毎度、退出刻限の間際まで城中に残っているのだそうで、これも幕閣の目に留まる機会を求めてのことであろう。

馬上で、江戸城中での松浦壱岐守の姿を思い浮かべながら忠明は、

「エトロフ島での鯨猟がものになるや否や、あの御仁が鍵になるやもしれんの」

とつぶやいて、江戸に戻ったら早速取りかかるべき方策のあれこれを思い描いていた。

信濃守が蝦夷地から帰着して間もない頃、その屋敷を訪ねてきた侍があった。歳は

四十過ぎほどと見えて、小柄ではあるが筋骨は引き締まり、日焼けした頬には縦皺が刻まれている。用人が用件を聞いてみると、

「蝦夷地御用の末席を汚しおる最上徳内と申す者でござる。先般蝦夷地サマニ山道の道普請場において信濃守様より取り放ちの御処断を蒙《こうむ》り、本日は蝦夷地御用辞職を御願いに参上した次第でござる」

と口上を述べ、松平信濃守に宛てた書状を差し出した。取り放ちという重い処分を受けたと言いながら一向に悪びれた様子は見られない。

徳内は解職された後、時を置かず箱館を経て江戸に帰り、所属する勘定奉行所に釈明の報告書を提出した。その後信濃守が蝦夷地から帰るのを待って屋敷を訪れたのである。

邸にあった忠明は、徳内が差し出したという辞表に目を通して、しばし腕を組んでいたが、控えている用人に、このように取り次ぐように、と申し渡した。

「蝦夷地にては道普請よりの取り放ちを申し付けたれど、蝦夷地御用を辞めよ、とにはあらざる故、御用の儀は引き続き相務めるべし。よってこの届けは差し戻す」

身分のほどを考えれば、目通りする事なく下知《げち》を取次ぎに任せるのは別段不自然と

は言えない。信濃守の言を取り次がれ、差し出した届けを戻された徳内は、それを懐に入れ、無言で用人に一揖《いちゆう》すると、飄然《ひょうぜん》と門前を去った。

信濃守は自らが行った最上徳内取り放ちの後、徳内が何者であるかを初めて知った。徳内は身分は低いが、十五年に亘って蝦夷地に関わり、遠くはエトロフ島、ウルップ島へまで赴いた実績を持っており、御用役所の中で一目置かぬ者とてない蝦夷地探査の先覚者なのである。

巡行に同行している属僚の遠山金四郎からは、後日、旅の夕べの四方山話《よもやまばなし》の折に、

「憚《はばか》りながら、先だっての御処断はまことに果断ではございましたが、強勇余ってやや仁恕《じんじょ》の心の霞みたる憾《うら》み無きにしも非ず、とお見受けいたしてござる」

と、やんわりと諫められている。

このような際の状況判断に長けた忠明はすぐに形勢の非を悟って、これ以上傷口が広がらないよう自ら穏便に取り繕《つくろ》ったのであった。

それにしても、と忠明は思う。江戸の宮仕えでは、たとえ同僚の立場であっても、身分が少しでも下の者は、あたかも主人に仕えるかのように相手にへりくだるのがあるべき通常の態度であり、忠明自身もそのようにして世を渡ってきたのである。

しかるに、はるかに格下でありながら、長官である自分に面と向かって反駁し、あまつさえ物を教える如き態度をとる者が居るなどという、思いもよらぬこの度の経験で、忠明は蝦夷地に関わる者達の本気さ、手強さを思い知らされたのだった。

その後の徳内は、もちろんサマニ山道の道普請への復帰を希望したのだが、さすがにそれでは信濃守の顔を潰すことになる、という役所の斟酌《しんしゃく》によって、かつて経験のある山林御用役に配属された。余暇の多い在職中、徳内はこれまで果たせなかった蝦夷地に関わる著作をまとめることに励んだ。

しかし余人を以って代えがたい蝦夷地探査の第一人者をそのような所に放って置くことは誰の目から見てもみすみす宝を失うようなもので、五年後には蝦夷地勤務に再任され、奇しくも西蝦夷地担当役となった遠山金四郎の下でカラフト探査に赴くことになる。ちなみに、この遠山金四郎は江戸町奉行で知られる「遠山左衛門尉景元」と同名の父親 景普《かげみち》で、後に勘定奉行などを歴任し、幕府の対ロシア政策を担うことになる人物である。

エトロフ島の鯨

寛政十一年十二月二十二日、浅草鳥越《とりごえ》にある平戸藩江戸上屋敷に、公儀勘定奉行所から一通の文書が届けられた。宛名は「松浦壱岐守殿　お留守居」となっているので江戸留守居役の菅沼量平が開けてみると、差出人は蝦夷地御取締り御用の、松平信濃守様以下お歴々五名の連名である。宛て先が藩主の松浦壱岐守ではなく、留守居役になっていることが示すように、文書は半紙半分に書かれた切紙と呼ばれる略式の通知書で、

「申す談義これ有り候間、明二十三日四つ時（午後二時）大手門奥、勘定奉行所に罷《まかり》出らるべく候」と書かれてある。

菅沼が裃《かみしも》着用の上出頭すると、勘定奉行所ではお歴々の面談などはなくて、

「ご用向きはこれに詳しく書いてあるので、壱岐守様に御披見《ひけん》願えばお分かりになるはず」

と蝦夷地取締御用の担当役人から封書を渡されたのだった。

宛先は同じくお留守居となっているので、藩邸の重だった者が集まり開封してみると、そこには彼らが思いもよらぬお達しが書かれていた。

東蝦夷地の内、エトロフ島には鯨が多い場所があるが、これまでは寄り鯨を待つばかりで、突き方などを弁《わきま》える者もいなかった。ついては来年、御領分の内から鯨猟の巧者二名を彼の地へ差し遣わし、猟事が成り立つ場所を見究めさせ、猟場に取り立てる目論見《もくろみ》を出す積もりである。

尤《もっと》も、両人が罷り越すについては、彼の地へ差し遣《や》るお雇い船 摂州兵庫の辰悦丸の直乗《じきのり》り船頭 嘉兵衛という者が、来年二月下旬頃迄には長州下ノ関に入津する予定になっており、そこで両人を乗り組ませるので、それ迄に下関に到着し、船の入津を待つように。

辰悦丸船頭 嘉兵衛は下ノ関に入津次第、同所問屋 網屋七郎右衛門方に申し達する筈なので、両人も下ノ関に着いたら早速七郎右衛門方に連絡を入れ、間違いのないよう心得るべきこと。

一、クナシリ・エトロフで鯨が寄り付いている場所については右の船頭嘉兵衛が心得

ているので、両名はよく聞きとるように

一、クナシリ・エトロフでは同所詰合《つめあい》御役人 近藤重蔵、富山元十郎、山田鯉兵衛、
深山宇平太に到着を報告し、指図を受けること

一、右の鯨突きの者は、鯨猟に巧みであれば、何程卑賤の者であろうと苦しからず

一、両人の者が下ノ関で辰悦丸に乗り組んだ上は、船中での賄い方等については船頭
嘉兵衛に申し置いてあり、クナシリ・エトロフで詰合御役人が取り計らう手筈と
なっているので、別段手当てをするには及ばず

右の趣であるので、早々に御領分へ申し達しをなされ、長州下関へ両人を向かわせ
られるよう存ずる。

十二月

これを読んだ藩邸の者達には、一様に顔色の青ざめる思いがよぎった。鯨漁師を二人差し出すのはたやすい事であるにしても、十二月もすでに押し迫っているというのに、今から領内の鯨組の中から適任の者を選び、用意を整えさせて二月の下旬頃までに下関に届ける、というのはいくら何でも急に過ぎるのではないか。江戸から平戸ま

では通常の飛脚なら二十五日ほど、どんなに急いでも十日以上はかかるのである。

幸い藩主の壱岐守は江戸在府中であった。昨日勘定奉行所から呼び出し状が届いたことはもちろん報告済みである。量平は直ちにお目通りを願ってお達しの書面を差し出し、指示を仰いだ。

「殿、御覧の書面にある通り、蝦夷地御用のお役目筋から、御領内から鯨猟巧者の者二人を蝦夷地に差遣わせ、とのお達しでござりまするが、如何いたしましょうや、期限がこの先二月足らずの事とあっては、ちと無理なようにも思われまするが」

ところが壱岐守の返事は意外なものだった。

「実は、先般殿中にて松平信濃守殿から内々の相談があっての、蝦夷地御用の御手援けとあれば是非もないことゆえ、お引き受け申した。その件については既に国元の松浦典膳らに予から直々に手配をしておるのじゃ。先に国元に書状を送ったことは存じておろう」

「と、申しまするど」

「うむ、鯨と申せば一昨年馬廻り役に取り立てた山縣二之助であるよの、何せあの者はそれまで生月鯨組の当主、四代目 益冨又左衛門であったのじゃからの。二之助が今頃は鯨組の中からしかるべき者二人を選ぶ手配をいたしておるはずじゃ。二之助にはその手筈が整い次第、江戸の蝦夷地御用役所との間の取次ぎ役を務めさせるによって藩邸詰めを命じておるので、二月中には当屋敷に姿を見せるであろうよ」

「さようとあれば安堵致しましてござる。されば、この後は我らはこの件の御用向きには関わることなく、国元のお役目衆にはすべて典膳殿に伺うよう、いきさつのみ伝えおきまする。

それにしても信濃守様からのご相談の趣、我らにもご内密とは、殿もちとお人が悪うございますな」

「フフ、別に隠そうというわけでもないが、期限が迫っておることゆえ予が自ら手を回したということじゃ。間に入る者が少ない方が話が早いでの。

それにしても、蝦夷地のそのまた奥のエトロフとやら申す島にまで赴いて鯨見をせよとはのう。それも蝦夷地御用の筆頭役殿から直々のお声がかかったのじゃから、我が領内の鯨獲り共も高名になったものよ。ついてはこの一件、うまく成就してもらいたいものじゃ」

後に隠居してからは静山と号することになる松浦壱岐守清は、この時四十歳。生母の身分が低かったので、幼時は「若君」どころか「様」ですらない「英三郎殿」と呼ばれ、松浦という姓を名乗ることも許されない境遇で育ったのだが、父が早世したために祖父誠信《さねのぶ》の養嗣子となり、十六歳で藩主を襲封した。

若年の頃は病弱であったが文武両道に精励し、剣術は田宮流、新影流、心形刀流、柔術は関口流、馬術は悪馬新当流と武芸百般に通じていた。ことに心形刀流においては大名でありながら皆伝の目録を受けており、剣名は世に知られていた。

藩政では、襲封当時破綻に瀕していた藩財政を立て直すため、殖産を奨励し、行政を簡素化して経費節減につとめた。また、藩校を設置し、人材を登用するなど藩政改革に取り組んで実を上げ、夙《つと》に名君の聞こえが高かった。飢饉の歳には蔵米を放出し、病者には施療し、領民の暮し向きにも目を配ったので慕われていたという。

一方では島津重豪《しげひで》などと並ぶ「蘭癖《らんぺき》大名」の一人で、オランダのみならずイギリスやフランスの文物にまで手を伸ばす収集家としても知られている。

壱岐守は、久しい以前から幕閣に名を連ねて英知を経国の場で試してしてみたい、という夢に取り付かれていた。もとより徳川家とは何の縁もない、辺陬《へんすう》の外様大名なのだから無理筋の望みではあるのだが、四代前の棟《たかし》が外様大名の中で初めてという寺社奉行に就任しており、それなら自分も、という思いだったのだろう。

この度の信濃守からの相談にも、蝦夷地御用に貢献して幕閣の覚えをめでたくする絶好の機会と捉え、労を惜しまぬつもりだった。藩邸の者たちを介さず、自ら国元に命じて事を運んだのもその気持ちの表われであったのだろう。


寛政十一年十二月十日、肥前生月島の一部浦にある益冨家屋敷の座敷に三人の男達が大きな火鉢を囲んで座っている。大小の刀を刀掛けに架けて、床の間を背にしているのは今年四十歳になる平戸藩馬廻り役で二百石を食《は》む山縣二之助である。二年前に士分に取り立てられて山縣という先祖の姓を名乗ることを許され、平戸城下に居を移すまでは、代々益冨又左衛門と名乗って鯨組を率いるこの家の四代目当主であった。

後の二人は、二之助の弟で、当主を継いだ五代目益冨又左衛門と、分家筋の畳屋又吉である。又吉は益冨家に何人もいる別当のうちの一人で、年はまだ三十半ばだが、二之助が日頃から目をかけている者である。別当というのは商家でいう番頭にあたる者で、日頃は納屋場に詰めてその運営に当たっている。こちらはさすがに火鉢からはやや離れて控え気味に座っていた。

甲斐の武田家の重臣であったと伝わるこの家の先祖は、主家の滅亡の後流転を重ねて武士を捨て、平戸に流れてきた時の家業をそのまま屋号にして「畳屋」と名乗っていた。その後鮑《あわび》座を営み、鮪の定置網漁で当て、鯨漁でも成功して平戸藩に多大の上納金を納めた報償として「益冨」という名字を下賜されたので、本家はこの姓を名乗り、分家筋が畳屋の姓を受け継いだ。やがて分家、孫分家、別家などと沢山に増えていく畳屋の家々が鯨組の様々な部門を受け持つようになり、長年にわたって結ばれた血族関係に支えられて、益冨家はゆるぎない経営を続けることになるのである。

今では平戸の御城下に屋敷を構え、祝儀や法事などの時以外には滅多に顔を見せることもない元当主から、相談事がある旨の知らせが届いていたので、二人は緊張の面持ちである。

若いころから商用で他国を訪れることが多かったおかげで、町人身分の頃から洗練された社交性を身につけており、士分となってからはお城の内では武家言葉で話す二之助だが、生月に帰って身内と話をする時には地の言葉に戻る。

「今日集まってもろうたとは、三日前に、お城で御重役の松浦典膳様から直々のお達しがあってたい、それが思いもよらん御用じゃもんじゃから、お前達にも知恵ば出してもらいたかとよ。

この日本国の北の果てには陸奥の国のもういっちょ先に蝦夷地があるちゅうこつは知っとるじゃろ、そのまた奥にはクナシリ島、エトロフ島という大きか島があるとげなたい。ところがこのところオロシア国の連中がこの辺りを窺《うかが》うごとなって物騒《ぶっそ》か、ちゅうことで、この度、御公儀におかせられては、これまで任せてあった松前藩から蝦夷地の東半分ば召し上げて、江戸からお役人衆ば出して直捌きになさったそうなたい。

そっでも、ご公儀が米の取れん蝦夷地を治めなさるについては、持ち出しにならんごと工夫せねばならん。ついては、エトロフ島には鯨がヨウケおるので、これを獲って利を出すようにできんか、という直々のご相談が蝦夷地御用筆頭役の松平信濃守様から平戸のお殿様にあったわけたい。島に鯨組を置くちゅうことにでもなれば、蝦夷地の守りも固めらるる、ちゅうお考えもあってのことらしか。ついては信濃守様のお望みは、平戸の鯨獲り巧者の中から二人ばかり出張《でば》らせて、鯨漁が物になるや否やを見究めて来てもらいたか、ちゅうこつよ。

お殿様は大乗り気で、早速手配ばするよう典膳様に直々の御書《ふみ》が届いたもんで、こっちが呼び出されたちゅうわけたい」

このところお城からの呼び出しといえば「お勝手向き不如意の所、公儀よりお手伝いの御下命これありたるに付、不時のことながら上納金の用意ありたい」といった類いの金の無心ばかりで、五年前の寛政六年に藩が関東の諸河川普請のお手伝いを命じられた際には四千両、四年前には老中松平定信様の幕政御改正に応じる為とかで一万両の上納を命じられ、二年がかりでやっと納め終わったばかりであった。尤もその見返りのような形で四代目当主が士分に取り立てられ、今の山縣二之助があるのではあったが。

この度は献金の話ではなかったのは一安心だが、あまりに意外な話に二人は驚きを隠せなかった。

「そりゃ又、とつけもない話ですのう、兄様。鯨獲りの巧者といえば羽指衆のことになりまっしょうが、誰に行かせますかなあ、してその期限は何時ですろう」

「それが来年の二月下旬頃に下ノ関湊に蝦夷地まで通う辰悦丸ちゅう北前船が入るけんで、遅れんごとその船に乗せろ、ちゅうことになっとる」

「あと二た月、となれば急がにゃなりませんのう。それにしても羽指衆の中から選ぶちゅうても、江戸のお殿様にもの言うたり、遠方となれば手紙を書いたりもせにゃならんでっしょうけん、一通り読み書きの出来て、行儀のよか者《もん》でなからんばならんでっしょう。又吉どん、羽指の中に誰かそがん者がおるかの」

「さようでございますなあ、今年も冬浦の漁が始まっとりますけんで、今になって生月の鯨組から羽指ば二人引き抜くとなれば沖場も一寸《ちょっと》困るでっしょうな。そうでのうても、なんしろ生月の者《もん》は行儀もしかとわきまえんごたる、荒か者ばっかりですけん、そがん所に出すとはちょっと無理じゃなかでしょうか」

「生月の者がでけんとなれば的山《あづち》はどうじゃろかい。あそこの組は今でこそ益冨の内に入っとるばってん、元々栄えとった井本《いのもと》組の流れで、羽指衆も大分おるじゃろうが。」

二之助が言うように、的山大島は唐津辺りから壱岐島、五島に及ぶ西海の鯨漁の中でも先進地で、百四十年ほど前の寛文年間に井元弥七左衛門という者が突き組を始めたと伝わっていた。その井元家はその後大いに繁栄したものの、六〇年ほど前に廃業したため、今では島の鯨漁師たちは的山組と名乗りながらも、益冨家の経営の下で鯨漁に従事していた。的山組ではもちろん昔からの在所出身の者が多くを占めている。

この頃の益冨組は生月御崎浦に一組、壱岐の瀬戸浦に二組、的山大島に一組の合計四組の鯨組を経営していて、壱岐の土肥組と並んで全国一の規模となっていた。

「そういえば思い出したですばって、的山の羽指の中に、子供のころ寺に預けられて経読みの真似ばしよったちゅう者があったごたる、だいぶん歳とっておって、名前は確か寅太夫、て言いましたか」

「おお、その寅太夫なら俺も知っとる。俺がまだ家ば継ぐ前、海の上で会うて話ばしたことのあったごたる。ひと頃は的山組の一番親爺ばしよったとじゃなかったか、今はもう勢子舟には乗りよらんじゃろが、漁場ば見究めるとには年取っとるほうがよかかもしれん。寺におったとなら行儀も上等《じょうと》、読み書きも出来《でく》るじゃろ。今も達者にしとるもんか、俺が会うてみるけん、すぐにこっちに呼んでくれんか」

どうやらエトロフ島に遣わすべき羽指の目途はついた。もう一人は寅太夫に任せればよいのである。

「おっと、大事な事ば言うとが後になってしもうたが、又吉、お前には御苦労ばってん、これから江戸に上《のぼ》ってもらわにゃならんぞ。お殿様からの御指図では、江戸の蝦夷地御用の御役所と藩邸の間ばつなぐお役目をする者が入り用じゃけん、山縣二之助にその御用ば務めさせよとの仰せたい。そりゃ鯨となれば俺が行かんばじゃろばってん、俺はこれから外にせにゃならん御用のあって、それと羽指共にも支度させて下関に届けにゃならんけん、すぐには行かれん。信濃守様は気の逸っとらして、鯨獲りのいろいろをば早う聞きたか、ちゅう仰せらしかけん、先ずぬしが先に江戸に上って信濃守様の御用ば承って欲しかとたい」

寝耳に水のことを申しつけられた又吉は、思わず身をのけぞらせた。

「そがんことを急に申されても、わたくしゃ二之助様と違うてただの素町人でございますけんで、江戸の偉か御殿様の御用なんぞが務まるわけはなかでっしょう。無礼者、ちゅうて、御手打ちになるとが関の山じゃなかでっしょうか」

「そりゃ違うぞ又吉。侍身分の偉か人達は江戸の藩邸にも大層《たいそ》おらすばってん、信濃守様の知りとうあらす鯨のことば答えきる者が一人でもおろうかい。他の者に務まらんけん、お前を見込んで頼みよるとじゃなかか。余計なことは思わんで、ただ向こう様の訊かすことに誠を込めてお答えすればそれでよかとじゃ」

「そがんもんでっしょうか」

「そうたい、向こう様も訊きたかことのあって、わざわざお呼びにならすとじゃけん、町人身分であろうが、粗略にあつかわるる心配はなか。肥前生月の益冨組の別当で御座いますけん、鯨のことは心得とります、ちゅう顔をしとればよかとたい。

それともう一丁《いっちょ》、手伝うて貰いたかことのあっての、信濃守様がお殿様に相談しなさったことが、もう一つあんなさって、もし鯨組を新たに一組仕出すとなった時の掛りば見積もって欲しか、て言わすとたい。

こりゃ容易じゃなか事《こつ》で、詮ずる所、益冨屋敷の倉の中から昔の元帳ば引っ張り出して、舟じゃの網じゃの道具じゃの、雇い人の給金から、賄い料に到るまで洗いざらい抜き出して帳面書きする他になかろうたい。

忙しか最中じゃあるばってん、江戸に発つ前の四、五日ばっかり、帳面書きば俺と一緒にしてくれろ」

本家の蔵の中の仕出し元帳は七十年に渡る膨大な量なので、これに全て目を通すのは大仕事で、又吉や他の者に手伝わせても、とても限られた日数のうちに抜き書きを仕遂げることは無理だった。そこで蔵や納屋など建物廻りの出資については触れぬことにして、舟とそれに附属する物品および納屋で必要な道具など、資材に関わる見積もりと、海と陸を合わせたすべての雇い人に払う手当と賄い料など、人に関わる費《つい》えの見積もりに限って算出することにした。

金額の算用は後で算盤上手の又吉に任せることにして、あらましの抜き書きをひとまず終えたのは正月過ぎのことだった。

それにしても、資材だけでも勢子舟十五艘の他に双海舟《そうかい》四艘、持双舟《もっそう》二艘に予備や付け舟をいれて一組分二十七艘の舟、櫓が三百五十丁、万銛《よろずもり》百三十八本に早銛《はやもり》七十本、剣《けん》が三〇本。鯨網が百二十三反の他に大量の綱や浮きが入り用である。それに鯨を捌く納屋場にも大量の刃物、大釜、桶等を用意しなければならない。海岸に立てて鯨を牽引する轆轤《ろくろ》も少なくとも二組は設置せねばなるまい。

一方人数の方は、二十五人の羽指と水主が三百三十人、それに鍛冶職、船大工、網大工、桶屋などの前細工をする者達と鯨を捌く納屋場の職人、帳方までを入れると五百人近くにはなる。これらに対する給金と支度金、漁期が三か月としてその間の米、味噌、酒などの賄料が掛かるのである。これらを書き連ねていきながら、地元でもこれらを新たに仕出すとなれば空恐ろしいほどの額になりそうなのに、これを蝦夷地のエトロフ島で揃えるとなると、その五割増しになるのか、倍になるのか、又、これらの人数と荷を蝦夷地迄どのようにして運ぶのか、その費用はどうなるのか、二之助には皆目《かいもく》見当もつかなかった。

生月鯨組益冨家の別当、畳屋又吉は師走の慌ただしい最中に生月を出立し、正月を東海道の旅籠で迎え、注連《しめ》飾りの取れたばかりの江戸に着いた。又吉は今まで益冨家の大坂出店の生月屋までは出向いたことがあったが、東海道を旅するのは初めてで、品川を過ぎてから半日歩いても家並みの途切れることのない江戸の広さに驚きながら平戸藩上屋敷を目指して歩みを進めた。

隅田川の右河岸、浅草見附の傍の浅草橋を北に渡った辺りと聞いてきた平戸藩上屋敷は通行人に教えてもらってすぐに分かった。周りに並んでいる大名屋敷の中でもひときわ広大な敷地と見えて築地《ついじ》塀が長く続き、門構えも立派だった。通用門を恐る恐る叩いて、山縣二之助から預かった御用人様宛の書付を差し出して門内に入るのを許され、旅装を解いた後、導かれて用人部屋の前の板敷きにかしこまった。

用人の菅沼量平が障子をあけて、又吉を差し招いた。

「寒い中の道中御苦労であったの、そなたにそこにおられては儂《わし》も寒いによって中に入れや。よいよい、堅苦しいことを言うておっては話も出来ぬでな」

　こう言われては何時までも遠慮するわけにもいかず、又吉は部屋に入って障子を閉め、平伏した。

「へへえ、生月鯨組益冨家の別当、畳屋又吉と申します。主筋《しゅう》にあたります山縣二之助様の命により、罷り越しましてござります」

「うむ、儂《わし》は当屋敷の用人を務めおる菅沼じゃ。委細はあらかた聞いておろうが、蝦夷地御用役所では彼の地の内のエトロフ島の鯨を産物としたい御所存で、中でも筆頭役の松平信濃守様は殊の外御熱心と聞いておる。ついては、現に鯨漁に携わっておる者どもにお尋ねなさりたきことがおありということじゃ。山縣殿が江戸に参着するまでの間、その方に信濃守様のお相手を務めてもらわねばならん。尤もお目通りが叶うたとして、その後は向こう様の御意向次第ではあるがの」

　又吉は藩邸の中に居場所をあてがわれ、とりあえず旅の疲れを癒すことが出来た。藩邸からは信濃守屋敷に国元鯨組の者の到着を知らせ、先方の都合を聞いた上で、数日後、藩邸の者が付き添って御屋敷に伺うことになった。

両国橋から半蔵門へと通じる人通りの多い道を歩いて旗本屋敷に着くまで半刻ほどの間に、又吉は、御書院番頭様と聞いている旗本のお殿様がどれほど偉いのか見当も付かぬながら、余計なことは考えずに向こう様のお尋ねにお答えすればよいのだ、と二之助に言い含められたことを思い出していた。

とは言え高貴な大身の旗本が、旅先ででもあるならいざ知らず、自邸の中で地下《じげ》の町人と直に言葉を交わすなどということは通常あり得ないだけに、なかなか面倒なことだった。本来なら相手を庭先に蹲《つくば》らせて縁側から用向きを達するところだが、それでは話が遠く、寒くもあるので、ごく内々のこととして座敷に入れ、それでも次の間に居らせて、用人が間を取り次ぐ形にして話を聞いたのだった。

一年前の今頃は蝦夷地御用を仰せつかって間もない時期で、蝦夷地への出立を前に五有司の間での寄り合いや、役人共との打ち合わせ、旅の準備、訪ねてくる者への応接と連日席の温まる暇もないほどの忙しい毎日であったのだが、今年は交代で江戸在勤となっているので、暇は十分にある。その間に鯨組を新たに組み上げるについての調べを凝らしておこうとの心積もりなのだった。

信濃守の最も関心のあるところは、鯨猟で見込まれる収益とエトロフ島に鯨組を創設するのに要する費用、すなわち損得勘定であるのだが、その前に鯨組の仕組みや、海上で行なわれる鯨猟の実際についても知っておかねばならない。

しかし、そのようなことが平戸藩の藩邸の者達に分かろう筈もなく、鯨猟に携わり、しかも鯨組の経営を知る者に聞くしかなかった。平戸から駆けつけてきたというこの者は別当とやらいう番頭役を務める者というからにはその辺りを熟知している筈だった。

又吉の挨拶を「ウム、ウム」と聞き流して、信濃守は手あぶりを前に、脇息《きょうそく》に寄りかかりながらことばをかけた。

「この度、松浦壱岐守殿のお計らいにより、鯨猟巧者の両名の者をエトロフ島に遣わす手筈になっておることは存じておろう。

蝦夷地の海の鯨の多寡はいずれそれで分かるはずじゃが、鯨組と申すはいかなる仕組みのものか、鯨猟をなす者どもは、そも、いかなる働きをいたすのか、以前より知りたく思うておったのじゃ。直答を許す故、有り体に申してみよ。話が長うなっても一向かまわぬぞ」

何時までも這いつくばってへどもどしていてもかえってお叱りを被ると覚悟を決め

て、又吉は鯨組の仕組みのあらましと、羽指衆や水主《かこ》達が鯨舟で躍動する有様を語り出した。

山縣二之助が見込んだだけあって、又吉は商用であちこちの土地に行ったことがあり、浄瑠璃本なども読みかじっていて、他国の人と話す術《すべ》を心得ていた。それも、たまに義太夫節の語りを聞いたり、芝居見物をしたりする折にはよほど身を入れて聞き入っていることのなすところか、時に相手を話に引き込むような語り口を持っていたのだ。

鯨組と申しますのは大層大掛かりなものでございまして、肥前生月の益冨組は一組総勢六百人ほどの人数を抱えておるのでございます。聞き及びますところでは、大坂の大店《おおだな》などでもこれほどの所帯の所はないそうでございます。鯨組の中は大きく分けて、陸で働く納屋場と、舟に乗って鯨を捕る沖場がございます。

陸には、獲れた鯨をさまざまに捌く大納屋、肉納屋、骨納屋など五つほどの納屋と蔵の他に、前細工と申しまして、船大工や鍛冶屋、桶屋、網大工など、漁期の始まる前に色々の道具を用意し、漁の間にも手入れをする職人衆の納屋がございます。

鯨舟の中でも要《かなめ》の役を致しますのが勢子舟でございまして、船頭と銛打ちを兼ねた羽指と申す者が乗っております。一組の鯨組には勢子舟が二十艘ほど、それに鯨に掛ける網を張る役目の双海舟と付け舟が網一枚に一組、網は普通三枚張りますので三組で六艘、その他に鯨を運ぶ持双舟というものが少なくとも二艘ございます。網を張るのは、銛で突くだけでは鯨を取り逃がすことが多いので、逃がさぬ為の工夫でございます。

これらの全体を束ねますのが一番親爺と申す羽指で、その者が振る大振りの采配に従ってすべての舟が自在に動くのでございます。

海を見晴らす高所には鯨を見張る山見番がいくつも設《しつら》えてございまして、鯨を見つけますと、海の上で待っておる舟に狼煙《のろし》や幟旗《のぼりはた》の上げ下げ、振り方などの約束事で鯨のおる場所、向っておる方角、鯨の種類、数など、様々なことを知らせますので、それに応じて舟が動き出します。

勢子舟の舳先《へさき》は浪を押し切り、舟底は波の上を滑るように手入れされておりまして、一つ舟に八丁宛ての艪を、十二人の水主どもが掛け声をそろえて漕ぐ時には勢子舟は矢の飛ぶように走り、さながら戦さ舟のようじゃと申します。

一番親爺は鯨の向かう方角と海の底の様子を計って網を張らせます。この時は網戸《みと》親爺と申す者が双海舟を指図して、一部が重なるように三組の網を張りまするが、勢子船はその網に向けて棒で船端を叩いたり、早銛と申す小ぶりの銛を投げたりして鯨を追い込みにかかるのでございます。

鯨が網に掛かればしめたもの、羽指どもは鯨に迫って、勢子舟の舳先から万銛と申す重い銛を幾本となく打ち込みます。鯨はなおも泳いだり、潜ったりして暴れまするが、銛に結ばれた綱は勢子舟につながれておりますので、幾艘もの舟と網を牽きずっておるうちにやがて弱って参りますので、そこを見計らって、持双舟に乗り移った羽指が鯨に近寄り、剣《けん》と呼ぶ長い刃物を何回となく差し込みます。

鯨が更に弱ったところで羽指のなかでも若手の者が着物を脱ぎ捨て、赤い下帯一丁の姿となって海に飛び込みまする。この者は刃渡り一尺ほどもある鼻切り包丁というものを口にくわえ、幾本も刺さった銛を手掛かりにして鯨の背中にとりつき、潮吹き穴の前の障子と申す辺りを包丁で穿《うが》って穴を開け、携えた綱を通すのでございます。これを鼻切りと申します。この間にも鯨が潜ると、羽指も一緒に水中深く引き込まれますので命懸けではございますれど、これをしてのけるのが羽指の登竜門となっておる由でございます。

羽指共は日頃月代《さかやき》をあまり剃らず、髻《もとどり》を長くして大たぶさに結っておりまするが、これは冬の海で疲れ凍えたり、海中で人事不省となりたる折には、髷《まげ》をつかんで引き上げたり、銁竿で絡めとったりするのに都合が良いからじゃ、などと申しております。又この者共は日頃から肥え太り、水を弾くほどに脂の漲《みなぎ》った肌をしておらねば、その女房は後ろ指刺される、などと言うたものでございます。

次には二艘の持双船で鯨を挟み、舟同士を横に渡した二本の丸太で縛り留めたところで、別の羽指が鯨の腹の下を潜り抜けて綱を回し、鼻切りの綱とあわせて舟で鯨を吊るす形にいたします。座頭鯨や長須鯨などは死ぬると沈みますので、その前にこうして体を吊っておかねばならぬのでございます。

鯨をしっかり繋ぎ止めたならば、又剣を差し込んでとどめを刺します。鯨が今わの声を上げて息絶える時には、一同は念仏を三返唱えて「三国一じゃ、大背美捕りすまいた」と掛け声をかけ、鯨の後生を祈るのでございます。

その後は、勢子舟が牽き舟となって持双舟を助け、鯨を解体場のある浜まで運びまするが、その間に、その日の一番銛を打った勢子舟が注進舟となって納屋場に急ぎ、漁の次第を注進いたします。浜では納屋場の支配人が威儀を正して口上を受け、羽指には酒二升が下されるしきたりでございます。

浜ではこれよりさながら戦場《いくさば》のごとき忙しさとなります。鯨を引き込む浜には、廻りを囲むように石垣が築いてございまして、その上に轆轤《ろくろ》と申す仕掛けが五つばかり据えてあります。これは地面に立てた心棒に十字形に横棒に取り付け、綱を巻き取るからくりで、鯨を引き寄せたり、皮を剥ぎ取る時には、横棒に十人ばかりが取り付いて臼のように回すのでございます。

鯨の切り分けには長包丁と申す長刀《なぎなた》の如き刃物を用います。手練れの者が鯨の背中に登り、まず頭から両顎までを裁ち切り、次に尾を切り落とします。胴体の皮を剥ぐ時には、短冊型に深く切れ目を入れた皮の端に鉤を差し込み、鉤につないだ綱を先ほど申しました轆轤で引いて脂身ごと剥ぎ取るのでございます。切り分けは見る見るうちに腹の臓、骨にまで及び、小分けにしたものを人足が天秤棒で担いでそれぞれの納屋に運び込む段取りになっております。皆々慣れておりますので手際よく、大きな背美鯨でも半日もかからず浜から姿を消す様は、見物に参る方々が皆一様に感心なさるところでございます。

肉納屋では分厚い脂身をずらりと並んだ数十人が細かく切り分け、これを十幾つもある竈《かまど》へと運び、大釜で煎じて油を煮出します。油は樋《とい》で蔵の中へ導き、樽に詰める運びとなっております。同じように骨納屋でも大鋸《のこ》で切り分けた骨を大釜で煎じて鯨油を煮出し、残った骨は砕いてもう一度油を煮出した後には、骨灰と呼ぶ肥料にいたします。鯨の油は灯明《とうみょう》のみでなく稲の害虫雲霞《うんか》退治に重宝されておりまして、水を張った田に柄杓《ひしゃく》で油を極少量、一反あたり一垂らしほども注ぎ入れますと、油は広がって膜をなします。その上に虫を落としますと、てきめんに死にますので、九州辺りの御大名家では毎年何千荷もの油樽をお求めになるのでございます。

白身肉、赤身肉は塩漬け、味噌漬けにいたしますし、骨に付いた肉も、削ぎ落して生姜と煮て食しますと美味しゅうございます。塩引き肉は正月や祝い事の膳向けに行商人が山奥の村にまでも売り歩いておるそうでございます。また、頭のかぶら骨を薄く削いで粕漬けにしたものを、珍味と言うて喜ぶ向きもあるようでございます。腹納屋では腸や臓などを捌き、湯がいて塩漬けにいたしますし、肉につながる筋《すじ》は弓や胡弓の弦《つる》などに用います。

鯨髭は又一段と買い手の多いものでございまして、提灯の取っ手や鯨尺の物差し、扇の要などに用いておりますし、また、からくり人形や文楽人形のバネなど色々の細工物に無くては叶わぬものらしく、時に仲買の間で取り合いになることさえあると申します。「鯨に廃るところなし」と申しまして、このように、すべて余すところなく役に立つよう工夫しているのでございます。

納屋場まで鯨を買いに来る商人《あきんど》衆も多うて宿屋は繁盛しますし、また飯炊き男や茶汲み女に雇われる者達にいたるまでも近郷を潤しますので、「鯨一頭七浦賑わす」と申すのでございます。

九州の西の果てから来た者とも思われぬ名調子で又吉が語るのを、信濃守のみならず、陪席の用人達までが引き込まれるように聞き入っていた。話が一区切りすると、信濃守がほっと息を吐いた。

「うむ、なるほどよう分かったぞ。鯨の猟とはなかなかに勇ましきものじゃの。鯨を捌く手際なども、慣れておる故ではあろうが、無駄なく鮮やかな手並みと見えて感じ入ったわ。このような者どもに戦働きなどさせれば、さぞかし見事な動きを見せるであろうのう。近頃、面白き話を聞いたものじゃ」

喉を潤すと見えて時折口元に運んでいた茶碗には、茶ならぬものが入っていたと見え、信濃守は常にも増して多弁のようだった。

「して、これは蝦夷地御用にもかかわることゆえ、有り体に申すが、その方が今語った鯨猟は、一体いかほどの利を生むものであろうかの。更にじゃ、仮に鯨組を新たに一組、創り出すとなれば、その掛りはいかほどのものであろうか、そのあたりが予の最も知りたいところなのじゃ。」

又吉はかしこまって答えた。

「畏れながら申し上げます。只今仰せのことにつきましては、手前の主筋に当たります山縣二之助と申すものが、平戸の御殿様の命により、只今国元にて鯨組の家の蔵から元帳を引き出して、調べをいたしておるところでございます。

実はかく申す私めも途中までその手伝いをしておったのでございますが、蝦夷地御用の御殿様がお待ち故、先に江戸に向かうよう申し付かって、かく罷り出ましてございます。そのような次第でございますので、山縣二之助が江戸に参りますまで、今しばらくのご猶予をお願い致しとうございます」

さすがに初めて会う町人風情にかけるべき言葉としては、不相応であったことに気

付いたのか、次には改まった口調になって、

「相分かった。予が尋ねたき儀は今申したとおりじゃによって、山縣二之助なる者到着の折は、速やかに当屋敷に知らせを遣わすよう申し伝えよ。

その方も、この度は遠路大儀であったの、さがってよいぞ」

こう申し渡して座を立った信濃守が、後を追う若い用人と共に襖の奥に去った後も、しばらく平伏していた筆頭用人の天野右門は、やがて畳に頭を擦り付けている又吉を振り向いて、声を掛けた。

「いやいや、その方、鯨獲りの込み入った仕掛けを、ようも分かり易う語ったものじゃ、まことにご苦労であった」

そして改めて山縣二之助到着の時は、自分の方に急ぎ知らせるように申しつけた。

「もっとも、殿は鯨猟のことで色々と尋ねたきことがおありのご様子故、その前にその方に又お呼びがかかるやもしれぬの」

又吉を伴って平戸藩邸の者が脇部屋で待つ玄関までの長い廊下を歩きながら、天野用人は、

「我が殿はその方がお気に召されたようじゃ、ねぎらいのお言葉まで賜ったのはその

証じゃな」

と耳元でささやいてくれた。

藩邸で気を揉みながら待ち受けていた菅沼らは、戻ってきた又吉に首尾のほどを聞き、少なくともご機嫌を損ねはしなかったことに安堵した。鯨組創設に関わる見積もりの件は、山縣二之助の江戸到着を待つほかない。

又吉は張り詰めていた緊張が一遍に緩み、あてがわれている室にたどり着くと、欲も得もなく布団に潜り込んで眠りに落ちた。

寅太夫と安兵衛

寛政十二年の正月も半ばを過ぎて、注連飾りの取れた平戸城下の山縣二之助の屋敷で、二人の羽指が旗本のお殿様の前に出た時の口上や、作法を、その場で戸惑うことのないよう指南されている。

二之助は仕出し元帳からの抜き書きにやっと目途を付けて平戸に帰り、蝦夷地に向う羽指達を送り出す準備にかかったところだった。

十二年前、生月を訪ねて来た司馬江漢と共に勢子舟で背美鯨を追った折に、「大矢入り」の沖で始めて会った的山組の羽指 寅太夫も今年で五十八才になっている。さすがに勢子舟に乗ることはなくなっているが、的山組では今も長老として頼りにされており、勢子舟の舳先で鍛えた足腰は矍鑠《かくしゃく》としていて、海上に目を配る眼光にも衰えはなかった。この度久し振りに会って、

「よう、これだけの者が羽指の中におったもんたい」


と改めて感じたその見識と風格は、持って生まれた才もあろうが、長年鯨組の役羽指をつとめた精進によって培《つちか》われたものなのだろう。

その上に二之助が驚かされたのは寅太夫の筆跡で、益冨組の手代くらいならすぐにでも務まりそうな、なかなか味のある手慣れた筆使いだった。よくよく聞いてみると、寺には預けられたのではなく、元々的山大島の寺に生まれたのだが、坊主になるのが嫌で、寺向きの兄弟がいたのを幸い寺はそちらに任せ、的山浦の羽指の家に入ったのだそうだ。手習いは好きだったのでその後も実家の寺に通ったのだという。

寅太夫が伴ってきたもう一人の羽指は、二之助が薄々予想していたとおり、あの時

一番銛を放った安兵衛という若い羽指だった。子どもの頃から寅太夫が目をかけてきたという同じ浦の出の男で、その安兵衛にしても今は羽指として脂の乗り切った、やがて役羽指の声も掛かろうかという三十六才の男盛りである。

既に二之助の手配通り道中にふさわしい装束《しょうぞく》と、着替え、道中差しに至るまでが整えてあり、いずれ入り用になる筈の紋付きの着物と羽織も、仕立て下ろしが近々届く手筈になっている。

「よし、これで日本中どこに出ても恥ずかしゅうはなかぞ。あとは肥前平戸の鯨組の羽指でござります、ちゅうて胸を張っておればよかとたい。そっでも、行儀はようせねばならんが、あんまり畏れてばっかりおって、言わにゃならんことば言いきらんとは一番つまらん。寅太夫ならその辺りはわきまえとるじゃろばってん」

「へい、旦那様、じゃのうて、山縣様の言わしたことは心得とるつもりでござす」

と寅太夫は頼もし気に答えた。

寅太夫は経験と知力に長《た》け、若い方の安兵衛とて分別盛りの年頃で、年を取っている寅太夫を助けるのに十分の体力を備えている。二之助の目から見ても、この二人の取り合わせは絶妙で、行き先が蝦夷地の果ての絶海の島であろうと、安心して送り出すことができたのだった。

御領内で士分の者に行き合えば、道の脇に土下座をせねばならぬ身分の漁師どもではあるが、藩侯のお声掛かりでこれから御公儀のお役目を務める者達とあっては万が一にも不都合のないよう、藩の御船方から船を出し、送り届け役として同じく御船方の深見又次右衛門が付き添うことになっている。

一行は二月十二日に平戸湊を船出して、下ノ関には二月十九日に着いた。

北前航路はもちろん、瀬戸内航路、長崎廻り、更にその先の薩摩へと通う廻船のほとんどが必ず立ち寄る湊であるだけに、南風泊《はえとま》りの船溜まりには大小の弁才船が帆柱を並べて停泊していた。湊に面した通りには問屋の倉が建ち並んでおり、人通りも多い。蝦夷地御用役所からのお達しで、問屋 網屋七郎右衛門方に届けを入れるように命じられているので、深見又次右衛門は早速出向いて、二人の羽指の到着を知らせた。

二月下旬と聞いていた入港予定に十分余裕をもって出発したとはいえ、遅れないように気の急く思いだったのだが、辰悦丸が入津したのは予定より大分遅れた三月六日だった。南風泊りの船溜まりに入ってきて碇を三つばかり投げこんだ辰悦丸は、千五百石積みとあって、普通大船と呼ばれる千石積みの北前船が並ぶ中でもひときわ頭抜けている。ただでさえ目立つのに、公儀お雇い船とあって艫《とも》には日の丸の旗印が立ててあるので廻りの船の者達は驚いている。船の先端に突き出ている部材が並外れて大きく、そこに下げてある棕櫚《しゅろ》の毛の飾りも格好が良かった。

ちなみに、千五百石積みとは千五百石の米を積むことができるという意味で、今で言う載荷重量百五十トンの船にほぼ相当する。しかし弁才船は、上甲板のない、例えて言えば水に浮かぶ椀のような造りなので、積載容積が規定された、甲板のある船とは違って荷はいくらでも高く積み上げることができた。密室構造のない平船に荷を積み過ぎるのが難破の元になったと言われるのだが、時化にさえ遭わなければ荷船としては実に重宝な船であった。

「ふっとか船じゃねえ、こんだけの船は平戸では見たことんなかばい、親爺様はあっですな」

安兵衛は、これからこの船に乗って蝦夷地に向かうのだと思うと、高揚した気持ちを抑えきれない。

「おお、太かだけじゃのうして、作りも丈夫かごたるな」

と、寅太夫も感心している。

辰悦丸から降ろされた伝馬船の舳先に立って木綿羽織を着た、背は低めだが頭が大きく、がっしりした体つきの男が岸に近づいてきた。やがて陸に上がると深見又次右衛門の前で頭を下げ、視線を下に向けたまま口上を述べた。声は大きいがやわらかな上方のひびきがある。船頭の印の羽織を着て、陽に焼けているので相応の歳に見えるが、実は今年三十二歳になったばかりだった。

「平戸からお越しの方々とお見受けいたします。御武家様の前で不躾《ぶしつけ》とは存じますが、手前は摂州兵庫の辰悦丸の直《じき》乗り船頭、高田屋嘉兵衛と申す者でございます。この度は御公儀から蝦夷地御用のお雇い船頭を申し付けられ、平戸御領内の御二方をエトロフ島までお届けするよう命じられて参上仕りました」

「これは早速の挨拶で痛み入る。拙者は松浦壱岐守様家来 深見又次右衛門と申す。主命により、領内鯨組の羽指両名を同道いたした。これより長い船旅ではござろうが、何分よろしく頼み入り申す」

嘉兵衛は宛名を「松浦壱岐守様御内 深見又次右衛門様」として、羽指二人の引渡しを受けた旨の請け書を手早く書いて又次右衛門に渡した。日頃から問屋筋などとの交渉事のみならず、蝦夷地御用の役所筋との対応にも慣れているだけあって、このような時にするべき事は心得ている。これで又次右衛門はすっかり肩の荷が下りた。この請け書は早速江戸藩邸に届けられ、四月十日には用人の菅沼量平が蝦夷地御用会所に持参している。

荷物を抱えた二人の羽指は早速辰悦丸に乗り移り、落ち着き場所に案内された。と言っても、荷船である弁才船には船頭部屋のほかには部屋のようなものはなく、もし客がしかるべき身分であれば船頭部屋を明け渡すところなのだが、二人には積み荷の間に身を横たえるに足るほどの空間が提供された。ゆっくり手足が伸ばせる居場所をもらった二人には、これで十分居心地が良かった。

嘉兵衛は下関での取引問屋 網屋七郎右衛門方に顔を出して荷の売り買いを行い、荷下ろしと積み込みに二日を費やした。ここでは灘の酒の一部を売り、蝦夷地で人気のある奄美産の黒砂糖と九州の綿などを買い込んだ。すでに大坂からは蝦夷地御用役所から頼まれている漁具、漁網、多くの鍋釜のほかに古手の着物、灘の酒を積んでおり、赤穂では大量の塩を仕入れている。天候に恵まれれば出羽の酒田湊まで一気に沖走りをするつもりなので水や食料も多めに必要だった。

この度の航海は幕府お雇い船頭というお役目を頂いているので、御用役所から頼まれたものを多く積んではいるが、それだけでは嘉兵衛の稼業は成り立たない。直乗り船頭というのは、自分の持ち船に乗っている船頭のことで、立ち寄る先の湊々で荷の売り買いをするのが本来の生業《なりわい》であり、そのために物の流れや値の動きには気配りが欠かせなかった。

辰悦丸は嘉兵衛が稼ぎ貯めた金を元手に四年前の辰年に作った自慢の北前船で、四人の弟たちと共に蝦夷地の海産物を上方に運ぶことを商売の要にしていて、蝦夷地に向うのは今度で四度目だった。

三月八日、辰悦丸は附け船に牽かれて南風泊りを出た。下げ潮に乗って関門の瀬戸を過ぎて響灘に入ると、この時節の北西の季節風が吹いていた。帆を右に開いて間切りながら蓋井島《ふたおい》の傍を通り、角島《つのしま》を過ぎると舵を東に切って日本海に入った。三分目ほど帆を下げて調度良いくらいの真艫《まとも》の風を受けて船は快走した。その後も悪風に悩まされることもなく、佐渡を右に見て出羽の酒田湊まで途中一度も湊に入ることなく沖走りを続けたのだった。

日頃鯨舟に乗りつけているとは言え、北前船に乗るのは初めての二人は、見たこともない物に驚くことの連続だった。水主たちが「松右衛門帆」と自慢気に呼んでいるこの船の一枚帆は、寅太夫達が平戸あたりの弁才船で見かける「刺し帆」と呼ばれる二枚の布を縫い合わせた帆とは違い、厚手で並み外れて大きかった。播州特産の木綿の太糸を縦横二本引き揃えて織ってあるのだそうで、形が崩れず強いので幅も長さも大きく作ることができ、自然船は速く走る。その上これまであった帆よりはるかに長持ちするのだという。

播州生まれで北前船の船頭上がりの松右衛門という発明家が五年ほど前に工夫したばかりの帆だったが、画期的な性能とあって瞬く間に皆が使うようになった。ひとつには松右衛門という人が見返りも取らずに皆に製法を教えて広めているからだという。船頭の嘉兵衛はこの人から贔屓《ひいき》にされていて、兵庫湊ではわざわざこの船を見に来てくれたことがある、というのが水主たちの自慢の種なのだった。

沖走りすると言っても、もちろん風は順風ばかりとは限らないのだが、逆風に近い風向きでもこの船は時々帆の向きを変えながら間切って走っている。これには二人の羽指は心底驚き、嘉兵衛の操船ぶりを驚嘆の思いで眺めていた。特に月のない夜や霧が出ている時にも沖を走り続けている事が不思議でならない。邪魔にならないようになるべく舵柄の傍の船頭の座には近寄らないようにしているのだが、浪が穏やかで皆がくつろいでいる時を見計らって安兵衛が声をかけてみた。

「船頭さん、邪魔するごたって悪かですばってん、いっちょ教えてもらいたかとですたい。陸の見えん今のごたる時には、どげんして山ば立てよんなさるとですな」

「おう、これは今までろくにお構いもせいで、すまん事でしたな。さいですな、実は陸が見えん時には私らもビクビクもので船をやっておるんですが、何と言うても沖走りの時の一番の頼りは船磁石でございましょうな」

そう言って二人を船頭部屋に案内して、そこに置いてある船磁石を見せてくれた。径が八寸（二十五センチ）ほどの丸い木枠の中に同心円状にくりぬいた差し渡し四寸ほどのくぼみがあり、その中心に立ててある真鍮製の支針に磁針が乗せてある。廻りの木枠には子《ね》から亥《い》までの十二支が枠で区切って左回りに書き込んであった。

「この磁石は廻船用に普通より大きくできておりましてな、逆針《さかばり》と言うて十二支が逆廻りになっておるのは、子《ね》と午《うま》を船の首尾の軸に合わせた時に、針が示すところが船の向っておる方角をあらわすという仕掛けになっております。これで大方船の向きは分かったつもりになっても、陸からどのくらい離れておるかは勘を働かせるしかないわけで、闇夜や霧の中に居る時なんぞはまったく危ないもんです。按摩が杖で探りながら歩いているのと変わりのないようなもんですよ」

そして船箪笥の中から手書きの絵と書付を綴じた帳面を出して見せてくれた。

「これは陸が見える時に山や岬の姿のあらましを描きとった手控えなんですが、案外こんなものが一番役に立つんでございますよ」

そう教えてもらった二人は、同じく海に働く者でも鯨漁師とはかくも違った世界がある事に感に堪えぬ思いがした。

「なるほどなア、わたしどもア陸の見えん所には舟ばやりまっせんもんで、船磁石ちゅうもんは初めて見せてもろたですよ。それにしても沖走り、ちゅうもんは計《はか》の行くもんでござすなア」

酒田湊には遠浅の最上川の河口を附け舟に牽かれて入った。このような水深の浅い河口の湊に入るときには弁才船は舵を引き上げられるようになっていて、それが荷船としての強みでもあるが、荒天の際には舵を破損しやすく難破の原因にもなっている。この湊ではかねて用意してあった御城米と呼ばれる天領から来た蔵米を積み込んだ。

これを蝦夷地に届けるのが御雇い船頭として申し付けられた一番のお役目だった。その他に塩鮭や〆糟などの海産物を梱包するための筵《むしろ》と縄を大量に積み込んだ。蝦夷地には米が育たぬ、ということは藁《わら》がないので、筵はもちろん蓑や草鞋《わらじ》にいたるまで他所から持ち込むしかなく、何かにつけて不便なことだった。

寅太夫らが驚いたことに、酒田湊で二日かけて荷積みをしたにもかかわらず三月二十八日には箱館に着いてしまったのである。これでも飛び抜けて早いというほどではないと言う。

箱館湊では、辰悦丸が碇を入れるころには早くも何艘もの伝馬舟に乗った高田屋の者達が近づいてきている。冬の長い蝦夷地に春たけなわを知らせるような北前船の到着は町の者が待ち望んでいたことだった。伝馬船の舳先に立っている男が真っ先に声をかけてきた。

「兄やん、つつがない御到着やったな、店のほうもだいぶん出来上がっとるで」

陸に上がると、海岸には着いたばかりの辰悦丸を見ようと人が集まっていた。津軽、南部両藩から蝦夷地警護の人数が派遣されているせいか、侍の姿も多く見られる。

四年前に蝦夷地での商売を始めた嘉兵衛が、昨年弟の金兵衛を支配人としてここに支店を構えることにして以来、この地で冬を越した金兵衛の働きで、店や倉の建物が大方出来上がっていた。かねて嘉兵衛が見越していた通り、幕府の蝦夷地御用役所が箱館に置かれることになって、仮役所とされた松前藩の旧亀田番所は改修されることになっていた。

辰悦丸の荷揚げは金兵衛らにまかせて、嘉兵衛は羽指達を伴って早速役所に到着の報告をしに出向いた。ここでもいくつもの建物が普請《ふしん》中である。

さすがに嘉兵衛の顔は売れているようで、役所の門番にも声をかけられた。

日頃侍が大勢いるようなところに馴染みのない二人の羽指は、緊張の面持ちで万事を嘉兵衛に頼って付いてゆく。役所では御庭に通されるものと思っていたら、意外にも建物の中に招き入れられた。畳の間の前の廊下にかしこまっていると、裁着袴《たっつけ》にぶっ裂き羽織という出で立ちの四十才くらいに見える大柄で引き締まった体つきの侍が足早に入ってきて、上座に座ると親しげに嘉兵衛に声をかけた。二人は慌てて頭を床に擦り付けて平伏する。

「やあ　やあ　嘉兵衛、やっと着いたか、待っておったぞ。半年ぶりになるのう、わしも半月ほど前に江戸から着いたところよ」

「高橋様も相変わらず御息災で何よりと存じあげます。早速ではございますが、蝦夷地御用役所よりの御下命で、松浦壱岐守様御領分、肥前平戸の鯨組の羽指両名の方々を同道いたしましてございます」

嘉兵衛はそう言って、二人のほうを振り向き、ご挨拶をうながした。

「肥前平戸の、的山大島から参りました、鯨組羽指、寅太夫と申しまする」

「同じく安兵衛でござります」

「おう、そうか、遠路ご苦労だったな、初めて見る蝦夷地はめずらしかろう。わしは蝦夷地御用を務めておる高橋というのじゃ。まあ何時までもそんなところに這いつくばっとらんで、嘉兵衛も一緒に部屋の中に入ったらどうだい」

そうは言われても、漁師の分際でご公儀の偉いお殿様の傍近くに寄るなど恐れ多くてできるものではない。もじもじしている二人に嘉兵衛が声をかけた。

「寅太夫さん、高橋様は他のお侍様とはちょっと違うておられて、身分がどうのと固いことはお嫌いなのですよ。ほかにはお侍はおられませんので、ここはお言葉に甘えて言われる通りにいたしましょう」

そう言われて二人は嘉兵衛に付いて畳の間に入り、その後ろにかしこまった。

「時に、平戸の方では鯨は何時頃獲れるのかな」

　寅太夫が答える
「へい、鯨の時節は、在の方で冬浦、春浦と呼んどります二回ございます。先ず北の海から南に向けて下っていくのを獲るのが冬浦で、冬の小寒十日前から彼岸十日前までの二月半ほどの間でございます。反対に北へ上っていくのを獲る春浦が、それに続いて彼岸九日前から春の土用開け二十日までの二月半ほど、となっております」

「ほお、そうするとクナシリ島、エトロフ島の辺りではそれが何時頃になるものやら、嘉兵衛、そなたは何か聞き及んでおらぬかえ」

「私は廻船の船頭でございますからしかとしたことは存じませんが、昨年七月にエトロフ島に渡りました時には、クナシリ島との間の瀬戸で何頭もの鯨を見ましてございますよ。島の北寄りのシャナという集落の者共は、冬になると寄り鯨があると言うておりましたが、もし冬に鯨が多いとしましても、とても冬の海に船を出すことはできますまいが」

「まあいずれ島に渡れば分かることだろうよ。皆も聞いてるだろうが、鯨を捕って、これを新たな蝦夷地の産物にするのがここの役所のお頭の、松平信濃守様のご念願での。二人とも、ご苦労だが鯨見究めのお役目、ひとつ頼んだぞ」

箱館では一月近く滞在することになった。この度はクナシリ島とエトロフ島に運ぶ人数と品物が多く、エトロフ島へは辰悦丸の他に図合船を四艘ばかり引き連れて行くことになったので、荷物の品揃えや、それらの船の舵周りを補強したり、波よけを取り付けたりする作事に手間取ったのだ。

そんなに暇があるのなら、と言うわけで二人は地元の鍛冶屋に行って万銛を誂《あつら》えることにした。銛はよほど持参しようかとも思ったのだが、荷物とするにはあまりに大きく重いので遠慮したのだった。鯨漁を説明するときに役立つと思って、諸々の道具類の絵図を用意してきたので、それを鍛冶屋に見せ、自分たちも手伝った。鯨納屋の作事場では道具の手入れはお手の物なので、それがこんな時に役立つ。

一人に二本ずつ作った銛先に一間半（二、七メートル）ほどもある頑丈な柄を取り付けて、浜で投げる稽古をしていると、辰悦丸の連中が見物に来た。嘉兵衛も面白がって見ている。

万銛は中空に向けて投げ上げなければならない。落ちてくる時に勢いがついて鯨の皮を破り、体に深く刺さるのだ。銛先には軟鉄が使われているので、鯨が暴れても銛は曲がって益々肉に食い込むばかりで、外れたり、折れたりすることはない。柄が外れても、綱が結ばれている銛先は体内に残る仕掛けになっている。

とは言え、重さが二貫目（七、五キログラム）もある銛を投げ上げるのは容易なことではなく、羽指たちは日頃から膂力《りょりょく》の鍛錬を怠らないのだ。三十六歳の安兵衛は若手とは言えないまでも筋肉は十分に備わっているが、親子ほど年の離れた寅太夫はもう十年以上投げていない。鍛冶屋に頼む時、自分用にはやや軽く作らせた、ということは本人はまだ投げるつもりのようだが、

「年寄りのなんてろん、じゃなかっちゃすか」

と安兵衛にひやかされている。

一回ずつ銛を投げさせてもらった辰悦丸の水主たちは、あまりに重く、扱いが難しいことに驚き、改めて二人に一目を置く気持になったようだ。

この様子を嘉兵衛から伝え聞いた高橋が、江戸の蝦夷地御用会所への報告書の中でそのことに触れておいた所、それを読んだ信濃守がいたく喜んだのだった。

高橋は小身とは言え代々続く旗本の家柄で、重賢《しげかた》という立派な実名があるのだが、日頃から通称である三平を好んで名乗っていたので、廻りも自然と侍らしくないその

名で呼ぶようになっている。後にロシアとの交渉の場で活躍し、長崎奉行などを歴任する人物である。

その高橋三平は蝦夷地での羽指達の後見を命じられているらしく、自身は箱館勤番として動けないので、代わりに家来の大友角右衛門を世話役として付けてくれた。これ以降、江戸に到着するまでの間、二人は角右衛門と行動を共にすることになる。

それまでの部屋住みから昨年家督を継いだばかりの高橋だが、旗本とは言え、お目見えの資格があるというばかりで、五十俵三人扶持という微禄の高橋家にはもともと家来などと呼べるような者はおらず、大友角右衛門は今年高橋が蝦夷地に渡る際に押しかけ同然に付いてきた男だった。もともと二人は本多利明の塾で知り合った仲で、浪人の子である大友には以前から蝦夷地をこの目で見たいという宿願があった。高橋の家来という身分にしてもらい、公儀のお役目としてエトロフ島にまで行けるというのは大友にとって願ってもないことだった。

四月二十七日箱館を出帆した船団は途中アツケシ湊に寄り、閏《うるう》四月四日にクナシリ島のトマリ（泊）湊に着いた。

トマリ湊の会所ではサマニで越年した近藤重蔵が四月から駐在して辰悦丸の到着を

待っていた。近藤は勘定奉行所の勘定に昇進して、昨年以来、普請役元〆《もとじめ》格山田鯉兵衛とともにエトロフ島開発の責任者に任じられている。二人とその下僚の役人達、それに漁場を開く役目を命じられている寅吉と又四郎が率いる番人達は今年エトロフ島で行う予定の仕事を山ほども抱えている。

近藤は昨年自身が依頼して嘉兵衛が開いたエトロフ島への航路をまだ知らず、今年は嘉兵衛と共に辰悦丸でその航路をたどってエトロフ島に向かうことを楽しみにしていた。

二年前近藤が初めて渡海した時に使ったのは、蝦夷人達が「イタオマチプ」と呼ぶ、彼らが持っている中では一番大型の舟で、舷側に板を取り付け、小さいながら帆も備えていた。和船が櫓を使うのと異なり、彼らの舟は櫂《かい》を用いる。丸木舟を本にしていて幅の狭い蝦夷舟では立って櫓を漕ぐのは困難で、座って舷側で櫂を漕ぐのである。その時には三艘の蝦夷舟に蝦夷人もいれて三〇人ほどが分乗したのだが、その折の航海を、後に近藤は

「潮流の速さは津軽海峡の二倍もあり、逆波が四面に沸き立っていた。うねりの高さは三間近くもあって舟が波の底に下がった時には深い谷間に落ち込んだようになる。

慣れているはずの蝦夷人たちでさえ、神への祈りの言葉を唱えながら必死に櫂を操るありさまで、自分も死を覚悟したのが一度や二度ではなかった」

と述懐している。

この度は嘉兵衛の持ち船辰悦丸に乗って、激しい潮流と闘う危険を冒すことなく渡海できるはずだった。ただしこの水路の難点は風向きが潮の流れと反対の北向きでなければならないことで、辰悦丸のような弁才船《べんざいぶね》の場合、櫓漕ぎを使わない分だけ強い南風《はえ》の風が求められる。そして一番の問題は、この海では南風の風が吹く時には濃い霧が出るということだった。

寛政十二年閏四月十二日、辰悦丸と四艘の図合船《ずあいぶね》はクナシリ島のトマリを出帆した。クナシリからは、エトロフでの漁労の働き手として蝦夷舟を数艘同行させていた。かれらに新たな水路を教える目的も兼ねている。

クナシリ島の北東端アトイヤ岬の南にあるシラヌカ湾で風待ちをした一行は、二十一日、絶好の南風《はえ》の風をとらえて帆を一杯に上げてクナシリ島東岸の岸辺近くを北上し、昨年の宜温丸の時より更に進んでアトイヤ岬の北方八里あたりで舵を東に切った。辰悦丸は潮に流されながらも南からの風を受けて快調な船足で走ったが、霧が深いので潮の本流を乗り切ったと思われる頃には帆を半ば下ろし、船足を殺しながら進んだ。細心の注意を払ってたどり着いたのは昨年のタンネモイより十里あまり北のナイボの近くだった。四艘の図合船と蝦夷舟も霧のため離ればなれになりながらも皆無事にエトロフ島北岸に到達して、やがて合流することができた。ここで錨泊し、翌日は北上して会所を開く予定の地、ヲイトを目指したが、途中思いがけないつむじ風に遭遇し、ヲイトの手前のトリカマイという入江に入った。

翌、閏四月二十四日、近藤らの一行はヲイトの浜に降り立った。エトロフ島の開発を東蝦夷地経営の切り札と考えてこの日に備えてきた役人たちはもちろん、危険を冒すことなく渡海できることを身をもって知った蝦夷人達の喜びは大きかった。

「昨年の瀬戸乗り切りの話は聞いておったが、聞きしに勝る見事な手並みであった。拙者が二年前に死ぬ思いで渡海した折とは大違いじゃ。嘉兵衛、そなたは誠に名人じゃな、ようやってくれた」

「なんの、それではお褒めが過ぎましょう。それにしても、これでエトロフ渡海に難船の憂いのないことが知れて、船が次々と渡ってくるようになれば嬉しゅうございますな。私もせいぜいこの島でよい商売をいたしとうございますよ」

エトロフ島の豊かな漁場は島の北岸にあった。それは海流の成すところで、蝦夷地北端の宗谷岬を経て南下してくる対馬暖流と、オホーツク海から流れてくる養分に富む寒流とが合わさって、島の北の海域に湧き上がるような海の幸をもたらしているのである。だからこそ、それを求めて鯨が多く集まるのであろう。

火山の連なりによってできているエトロフ島には平坦な部分は多くはないのだが、ヲイトの辺りは砂州を成した地形が長く続いており、夏のこの季節、浜辺には寅太夫らが見たこともない高山性の花々が一面に咲き乱れていた。

昨年海岸を見て回った寅吉たちは、会所を建てる好適地と見立てたこのあたりに木材を切り出しておくように蝦夷人達に頼んでいたのだった。浜の奥に続く丘陵にはエゾ松が茂っているので木材を得るにも都合がよかった。ここには蝦夷人達がコタンと呼ぶ小さな集落があるに過ぎないが、エトロフ島北岸の中ほどに位置しているので、たしかに会所を設けるには適しているように思われた。

浜に流れ込んでいる川には産卵の時期になると鱒や鮭が群来《くき》をなして押し寄せるに違いなく、現にその時期は始まろうとしているので漁の準備を急がなければならない。寅吉を始めとする番人や漁師たちは、網などの漁具と大釜を携え、ナイボやシャナなど漁場を開く予定の集落に向けて、図合船で出発していった。

近藤と山田ら役人達は辰悦丸で島を巡回し、めぼしいコタンを訪れて人別の改めを始めた。その際には持参した鍋・釜、椀、衣類などを配った。島人の多くは鍋・釜すら持たぬため、獲った魚は専ら《もっぱ》焼いて食するしかなく、着る物と言えば身に毛皮を纏っているのは良い方で、多くは樹皮を綴《つづ》ったものを被《かぶ》っているありさまだった。以前訪れた時にそれを見ている近藤や嘉兵衛達は、かねてから何とかしてやらねば、と思っていたのだった。蝦夷人達が思いもよらぬ贈り物に驚喜したことは言うまでもない。

近藤らはこの年の冬が来るまでの間に全島の人別帳を作成し、島の住民、千百十八人を天領の村方に見立てて七郷二十五ヶ村に区割りしている。

このように一行の人々が忙しく立ち働いている傍らで、寅太夫らは鯨見の準備に取りかかっていた。ヲイトの蝦夷人達に聞いてみると、鯨が多いのはやはり南のクナシリ海峡に近いあたりだと口をそろえた。しかし今はまだ時期が早く、鯨が寄ってくるのはあと一月ほど先だろうと言うのだった。

ついては鯨を見て回るための舟を手配しなければならない。八丁艪の勢子舟などは望むべくもないが、使える船の中で考えると、図合船は帆掛け船なので身動きが取りにくかろうし、辰悦丸に積んである伝馬船は波風の強い北の海では使えそうもなかった。嘉兵衛にも相談して、結局この海に慣れた蝦夷人が渡海用に使っている蝦夷舟が一番よかろうということに話が落ち着いたので、クナシリから渡海するときに同行してきた蝦夷船のうちの一艘を漕ぎ手と共に借り上げることにした。二年前に近藤らが乗った、蝦夷舟の中では一番大きな船よりやや小型の、それでも舷側に波防ぎの板をくくりつけた舟で、櫂の漕ぎ手は四人、うち一人は和語の分かる者を付けてもらった。大友角右衛門は図合船を一艘借り受け、大工と人夫の五、六人とともに一足先に出発していた。仮の鯨納屋を建てるための大工道具と部材、鍋釜、米、味噌、それに嘉兵衛に分けてもらった灘の酒も積み込んであった。

五月二十日早朝、寅太夫と安兵衛はこの蝦夷船の舳先に乗り込み、ヲイトから漕ぎ出してタンネモイへ向った。かねて用意の万銛も傍に置いてある。蝦夷船は思っていたより浪に強く、進むのも早かった。途中アトサノボリという富士のお山のような美しい山のふもとの浜辺で一泊、翌日には三十里ほどの海を漕ぎ切って、先に出発した図合船が碇を降ろしているタンネモイの入江にたどり着いた。南に向う潮の流れのおかげで大して疲れることもなく、気持ちの良い航海だった。

タンネモイは「長い入江」という意味のその名のとおり、ベルタルベ火山の裾野が海に尽きる辺りから北東に長く伸びる浜で、川が海に流れ込む入り江の傍に蝦夷人の小さなコタンがあり、その傍に仮造りの鯨納屋があらかた出来上がっていた。

ベルタルベ山はエトロフ島の最も南に位置する火山で、風向きによっては山頂から噴煙が上がっているのが望まれた。巨大な山塊が島の南端部を占めて、山が海に達するところがそのまま岬をなしている。岬はどこであれ、海を行く蝦夷人たちにとって神の宿る場として崇《あが》められているが、ベルタルベ山はその中でも山容の迫力と航海の目星としての重要さによって格別に畏敬される存在だった。

寅太夫は浜から仰ぐベルタルベ山の姿に神威を感じ、蝦夷人達がするように手を合わせて拝むのが毎朝の習わしになった。安兵衛もそれに倣う。

今日の人類学の教える所では、アイヌと日本人は、縄文人という同一のルーツを持つものであるらしい。日本人がその後大陸から渡来した様々な事象に影響されて変容したのに対して、アイヌにはその事がほとんどなく、縄文人の特徴を多く持ち続けている所にその違いがあるに過ぎないというのである。特に神の観念についての精神文化は共通していて、霊妙な物や危害を蒙るかも知れないほどの絶大な力を感じる物を神霊として祀《まつ》るという点では一致しているのである。日本人が「カミ」と呼び、アイヌが「カムイ」と呼ぶ近似は偶然のなせる業ではないのだ。蝦夷の海人と肥前平戸の鯨漁師と、神威を感じる物に手を合わせる心に違いはなかった。

彼らはこの入り江の砂浜に舟を引き上げ、よほどの時化でない限り舟を押し出して海に出ることにしていた。しかし鯨見究めにとって問題はやはり霧で、海に出るのは視界の効く日に限られる。

この海岸には確かに鯨が多かった。しかし、ほとんどが座頭鯨で、他に長須鯨と小イワシ（ミンク）鯨も見かけたが、鯨漁師が真っ先に狙う背美鯨は全く見られなかった。鯨が噴き出す潮の形は種類によって特徴がある。高い一筋がまっすぐに上がれば長須鯨、一丈ほどの高さに先の分かれた二筋が上がるのは背美鯨、一筋が太くて低ければ座頭鯨、前向きに傾《かし》いでいるのは抹香鯨、といった具合に、慣れた者であればよほど離れた所からでも見分けができるとしたもので、殊に経験豊富な寅太夫の見立てならばほとんど間違いはなかった。

背美鯨は大型でずんぐりした体型で泳ぐのが遅く、脂身が多いために死んだ後も沈まないので捕獲しやすい。しかも採れる鯨油が多く、肉は最も美味である上に、鯨髭も沢山あって商品価値が図抜けて高い。それに比べると座頭鯨は泳ぐのが速く、採れる油もそれほど多くないので一頭の値は背美鯨の半値ほどだが、熟練した鯨組であれば獲ることは可能だった。

平戸辺りの海で寅太夫たちが日頃行っている捕鯨法は、鯨を見つけたら近くのしかるべき網代《あじろ》に網を張り、鯨を網に追い込んだ後に銛で突き獲るという、網と銛を組み合わせたやり方だった。熊野の太地浦が発祥の地とされているこの方法は、銛で突くだけでは取り逃がすことが多かったために考案された工夫で、今では国中のどこの鯨組でもこのやり方を取り入れている。ただしそのためには多くの人数と網や網舟を賄うための費用が必要だった。

網を張る網代は深さが二十尋から三十尋ほどの場所が良く、海がそれ以上深いと、鯨が網の下を潜り抜けてしまう。安兵衛が水深を計ってみると、ベルタルベ岬周辺の海は、火山が隆起してできた地形に特有の駆け上がりの崖になっていて、網が張れそうな場所はタンネモイの浜辺近くのわずかな海域に限られていた。安兵衛は日頃鯨を追っている生月から的山大島にかけての海とあまりに違う地形に首をひねるばかりだった。

「この海なら網は浜に近か辺りでしか使えんじゃろなあ、座頭鯨ば獲るとしても、浜に追い込むとは容易じゃなかごたるばってん、親爺さまはどげん思わすですな」

「この前舟を出した時、メバルによう似た八寸ばかりの魚《いお》が浜から一町くらいの所で群れておって鳥山の立っとったろう、ここの衆に聞いたら、ソエちゅう魚で、鯨がそん魚ば食いに来るって言いよったぞ。あン魚がおるあたりに網ば仕出せば見込みはあるって思うとばってんなあ。

そりよか、難かしかとは霧のこつたい、ここら辺りは秋にかかる頃はいよいよ霧の深うなって、晴るる日は滅多に無かっていいよるなあ。ちゅうことは、五月も早うから漁に掛からにゃならんとやろばってん、それで漁の出来る日がどんくらいあるもんか、そこが肝心のとこじゃろな。それと、こがん冷たか海で、そん頃に海に潜ったり出来《でく》るもんじゃろか、それも気がかりたい」

生月あたりの漁法では、銛を打ち込んだ後には鯨の鼻先に穴を穿って綱を通して船に繋ぎ、次には鯨の腹の下に綱を回して両側から持双船で鯨の体を釣り下げる段取りになっている。殊に座頭鯨は死ぬと体が沈むので、その前に羽指が海に潜ってこれらの作業をしておくことが欠かせなかった。

先日、安兵衛が試しに舟から海に入ろうとすると、蝦夷人達は血相を変えて止めようとした。夏場とはいえ、海に潜るなどというのは彼らにとって考えられないことであるらしい。

安兵衛が確かめた今の季節の海水は、二月頃の生月の海より少し冷たいくらいで、潜ろうと思えば潜れないほどではない。しかし、冬には流氷が浮かぶというこの辺りの海の、五月初旬頃の冷たさがどの位のものなのか、一寸心配ではあった。

夏の土用が近づく頃には視界の効く日はほとんどなくなったので一行はヲイトに引き上げることにした。結局、五月二十一日からこの入り江に留まった二十五日間の内、舟を出すことができたのはわずかに六日だけだったが、雄大なベルタルベ山の麓の浜辺で蝦夷人達と共に過ごした日々は忘れ難いものとなった。

鯨の見究めを終えて、タンネモイの浜を後にする前日、二人の羽指と角右衛門は、携えてきた酒と残った米で、世話になったコタンの住人達と、舟の漕ぎ手の蝦夷人達と共に心ばかりの宴を張ることにした。皿も茶碗も足りないので米は海水を混ぜて炊いて握り飯にした。

交易に訪れる和人達と宴を共にすることを蝦夷人達は「オムシャ」と呼んで、特別な儀礼の意味を持つものであるらしく、酒と握り飯を前に彼らが喜ぶ様は三人が思いもしなかったほどだった。

鮭と鱒の収穫があるし、ソエという魚も簡単に釣れて美味なので肴に不足はない。しかも酒は嘉兵衛から分けて貰った灘の生一本、三人にとっても驚くほどの美酒だった。ベルタルベ山を望む浜辺で焚火を囲んで宴が始まると、間もなく蝦夷人達の歌と踊りが次々に続く。これに応えて、二人は羽指の得手といえばこれしかない羽指踊りと勇魚捕唄《いさなとり》を披露した。諸肌脱ぎになって手拭いで鉢巻きをし、大手を広げて大足を踏んで、唄いながら踊る。角右衛門は太鼓代わりの板切れを叩いて、器用に口三味線も入れて調子を取ってやった。

〽さても納屋の轆轤《ろくろ》に　サーヨイヤサ、綱繰り掛けて　イヨサヨヨイヤサー、大背美まくのにゃ　アーヨイヤサ　暇もなや、サーヨイヤサー

果たしてこれは大喝采をうけて、繰り返し何度も所望された。蝦夷人達も羽指踊りに加わり、満天の星空の下、酒の酔いが回ってへとへとになるまで歌い、踊ったのだった。

ヲイトに帰ってみると、辰悦丸は役目を終えて既に出帆しており、代って同じく高田屋の手船で六百五十石積みの観音丸が入津していた。観音丸は今年エトロフ島で始めて仕出されたばかりの魚油、〆粕、紅鱒の塩引きなどを江戸に向けて回漕することになっているのでこれ上ない好都合、三人はこの船に乗せてもらい、江戸に向うことになった。というよりも、観音丸を通いなれた北前航路ではなく、東回りで江戸に向かわせるのは、高田屋嘉兵衛の配慮によるものであったろう。

両名の羽指はこれから江戸表に向い、松平信濃守をはじめとする蝦夷地取締り御用役の面々方にエトロフ島での鯨見究めの首尾を復命するという大事なお役目を果たさなければならない。行きがかり上、嘉兵衛には少なくとも津軽海峡を越えた三厩《みんまや》湊までは一行を送り届ける責務があるのだった。そんなことなら、いっそのこと観音丸を江戸に向かわせた方がよくはないか。エトロフ島から江戸までを直に結ぶ航路の開拓に役立つばかりか、〆糟や塩引き魚をはじめとする蝦夷地の産物の江戸での売れ行きを瀬踏みすることもできるではないか。

二人はヲイトに着くとすぐに近藤重蔵と山田鯉兵衛にタンネモイでの鯨見究めのあらましを報告した。

来年からでもすぐに、鯨猟の準備に取り掛かる心積もりであった近藤らにとって、その報告はやや意に満たぬものだった。

「左様か、背美鯨にあらざれば、良い商売にはなり難いか。我らは種類の区別もつかず、鯨であればどれも似たようなものであろうと思うておったでなあ。されどロシアに対して威を示す為にも、この島に鯨組を置くことの意義は五有司の面々方もよくお分かりの筈じゃから、あとは御英断を待つのみじゃな」

後のほうは独り言のようになりながらも、近藤は二人の肩を叩きながら骨折りを労《いたわ》ってくれた。

「その方共の、他を以って代えがたい働きがあったればこそ鯨猟の見究めができたのじゃから、これは立派な手柄と申さねばならぬ。この度はよくぞ務めてくれた。江戸表では蝦夷地取締り御用のお歴々を始め、役人衆からの詳しいお聞き取りがあろう故、見たままをしっかりとお伝え申してくりゃれ。とりわけ鯨の数がことのほか多かったことなどを、よしなにな。

この先東回りで江戸に向い、御役目を果たした後には東海道を下るのであろうが、肥前平戸までともなれば、よほどの長旅となろうのう。二人とも随分体に気を付けて、在所まで達者で帰れよ」

この時、寅太夫らがエトロフ島で背美鯨を見なかった、というのは正しい見究めだった。大分後年の、明治の世になってのことではあるが、当時のエトロフ島の寄り鯨を調べた集計によると、島全体では毎年八〜十頭の寄り鯨があり、その内訳は座頭鯨が大半を占め、その他に小イワシ（ミンク）鯨と長須鯨があるものの、背美鯨は全く入っていないのである。つまりエトロフ島の周辺海域は背美鯨の回遊の道筋から外れている、ということなのであろう。

七月七日、観音丸はヲイトを出帆したものの、海上では二日目から逆風が吹きつのった。船頭は戻されないように帆を下ろし、碇を垂らしたりして凌ぎながら風向きの変わるのを待ったものの、風は一向に好転せず、ついに五日後にはヲイトに出戻りになってしまった。七月二十四日に改めて出船して、途中大風に難渋しながらもかろうじてクナシリ海峡を過ぎ、エリモ岬を越えて東回り航路をめざした。

しかし、下北半島の沖に懸かったところで又しても逆風に阻まれ、強い東の風に吹き寄せられて津軽海峡の近くにまで運ばれる始末。やむなく、斧の形をした下北半島の斧の峰にあたる尻屋崎の裏に回り込み、下風呂《しもふろ》という入り江に碇を入れて風待ちをすることになった。ここは南部藩領で、三日後に浦役人の許しを得て陸にあがってみると、硫黄の臭いが鼻を突いた。この辺りは海からも噴煙が見える恐山の麓で、あちこちに湯煙が上がる土地柄なのだった。

宿屋を兼ねた湯治場が数軒あり、穀物や味噌などを持参すれば自炊もできるようになっている。観音丸の船乗り達と共に湯治場に入った三人は、鯨見究めのお役目を無事果たせたことに安堵しながら、思いがけなく五日ほどものんびり疲れを癒す日々に恵まれたのだった。皆々温泉には大満悦で、

「いやあ、話に聞いたことはあったばってん、温泉ちゅうもんに入ったとは初めてのこってす。この湯は白う濁っとって、何やら肌にしなやかなごとありますなあ」

「江戸には湯屋は数あれど、こっちも実は出湯《いでゆ》を使うのは初めてだよ、こりゃなんともいいもんだねえ」

今まで平戸藩領の外に出たことのなかった二人は勿論、江戸育ちの大友角右衛門も湯治などは初めてのことで、国元に良い土産話が出来たことを喜び合ったのだった。

江戸の日々

二人の羽指を下ノ関へ送り出す手筈を終えた山縣二之助は、気の急く思いで江戸へと向った。道中を船便と早足で稼いで二十日あまりで平戸藩上屋敷に到着、旅装を解く間ももどかしく、直ちに殿様にお目通りを願った。

この度はおたがい火急の用件を控えているのでそうも行かないが、日頃この二人が藩侯の書斎で話す時などには、控えている小姓が不思議に思うほど打ち解けた雰囲気になるのだった。堅苦しいばかりで洒落を言っても通じないような国侍達と違って、二之助は町人身分の頃から本場の大坂商人達に鍛えられて、芝居や浄瑠璃、茶屋遊びにさえ親しんでいて、江戸生まれで江戸育ちの壱岐守にとって、平戸在国中の数少ない気の置けぬ話し相手になっていたのだった。しかも奇しくも同じ年生まれなのである。

「やっと着いたか、存外時が掛かったの。ところで、その方が先に送って参った又吉と申す者、信濃守屋敷に赴かせた所、あまりに下々の者故かえって如何かと心配しておったのじゃが、信濃守殿はいたくお気に召したようでの、聞くところでは既に三度ほども召し出して話を聞きなさったそうじゃ。その方の到着までのお相手役を十分に果たしておるようで、祝着であったわ」

「参上が遅れましたること、真に申し訳もござりませぬ。平戸表で典膳様に伺った所では、信濃守様は彼の地で新たに鯨組を創るとした時の掛りは如何ほどか、とお尋ねとのことでございましたので、家の蔵から元帳を引き出して、調べをいたすのに手間取りましてござります」

「ふむ、してその算用は出来ておるのか」

「元帳からの抜き書きは終わりましたものの、ただいまはまだ整えかねておりますので、今しばらくのご猶予を頂きとう存じます。実はその事につきまして、お教え頂きたき儀がございます。と申しますのは、新たな仕出しの費用と申しても、御国元と蝦夷地とでは実際の掛りには相当の開きがあると思われまするが、その辺りの勘案は如何致したものでございましょうか。また、物の搬送もさることながら、鯨組に属する者どもをエトロフ島とやら申すところまで届け、養うための掛かりをどう扱ったものか、その判断が付きかねて難渋しておるのでござります」

「なるほどのう、それは難問じゃ」

と、引き取って、しばらく思案の体であったが、やがて
「それはやはり、見積もりは国元の肥前平戸で仕出すとした時に、を前提といたす他あるまい。蝦夷地における諸色《しょしき》の高下や、運搬の入費は国元や江戸表に於いては計りようもない事じゃからの、若しそれを問われたら、そこは御職分においてご勘案あれ、とでも答えるしかなかろうよ」

と、すっきりと答えてくれた。それを聞いた二之助はここ一月ほど心に掛かっていた胸のつかえが一挙に晴れた心地がして、

「やはり、我が殿は英邁であられる」

と有り難く思ったのだった。

元気の出た二之助は、翌日から早速又吉と共に書き抜いた仕出し記録の整理に取りかかった。もう一度確かめねば、というところが数カ所以上残ってはいるが、

「急ぎ整えよ」

との信濃守様からの矢の催促と聞いているので、先ず舟や漁具、前作事などの資材関係についてとりあえず纏《まと》まったものを信濃守屋敷に届けておいて、十日ほど後に沖

場、納屋場、帳方を含めた働き手に関わる費用をまとめ、合わせて「積方帳面《つもり》」として仕上げたものを藩侯に御披見願った。

そこに記された、鯨組一組を創出するための見積もりの総額は二万七百九十両であった。仮に平戸で創る、としたときの見積もりである。しかも、実はそこには納屋場や蔵などの建物建設の経費と、エトロフ島までの交通費用は含まれていないのである。

「ふむ、大層な額ではあるが、すべてを重ぬればこれほどにはなるのであろうの。しかし何も初手から益冨組と同様の五百人もの人数を構えたり、三十艘近い鯨船を一度に揃えることもなかろうから、これは数年掛けて大きなものが出来上がるまでの総費用、という旨を但し書にでも加えて、あまり驚かさぬよう、心を用いる要もあろうぞ」

「御意《ぎょい》にござります、その辺りは、信濃守様にお目通りを頂きましたる折に縷々《るる》申し上げる所存でございます」

「して、鯨によって得られる利についてはどう答えるつもりじゃ」

「それが実は難しゅうございます。何と申してもこの商売は鯨という生き物が相手でございますれば、毎年間違いのない実入りを見込むわけには参らず、その年の鯨の獲れ高に左右されるところが大きいのでございます。又、よくご存じのことではございましょうが、同じ一頭でも鯨の種類、大きさ、油の量などによって値も異なります。そもそも売れ値と掛りの差が「利」でございますれば、掛りが増えれば利も見込めませず、従って、エトロフ島とやらで新たに鯨組を営むと致しました時にその「利」が如何ほどか、などとはとても分かりかねるのでございます」

「ふむ、それを知るのが難しいことは信濃守殿とてお分りの筈じゃ。しかし、国中に数ある鯨組ではいずれもそれ相応の利を出しておるのであろう故、その辺りを教えて進ぜてはどうじゃ」

「それが、国中どこの鯨組でも、鯨で得られる利などと申すものは門外不出の秘事のようなもので、本当の所を知っておるのは主人《あるじ》と大番頭くらいのものでございましょう。

　かく申すそれがしも、例え相手が蝦夷地取締御用役の松平信濃守様であろうと、益冨組では鯨一頭が如何ほどで売れ、掛りは幾ら、利は何ほど、などとあからさまに申すわけにも参らぬ事、ご高察願わしゅうございます」

　実の所の機微を分かって頂くために申し上げたつもりが、言わでもがなのことに及んでしまった。同じ歳の、気性のさっぱりした殿様にはつい隠さぬところを話したくなってしまうのだった。

「はっ、はっ、は、これは面白い話になってきたのう。うかつに内証《ないしょう》を知られると、もそっとは出せる筈じゃなどと、すぐにつけ込んで参る者がおるでのう」

「これはお戯れを」

しかしその事に全く触れぬ訳にはいかぬので、例えば、の例を幾つか挙げて参考にして頂くことにした。

例えば、このところの肥前の国のある浦では、差し渡し十間ほどの普通の大きさの背美鯨であれば大体二百樽の鯨油が採れ、その値は四百両ほど、その他に鯨ヒゲ、筋、骨粕、とそれに肉、内蔵などを塩蔵したものが合わせて三百両ほどになった。もし鯨が肥えていて脂が多ければその値は数割増しになる。座頭鯨であれば、売値はほぼ背美鯨の半分程度と見積られていた。背美鯨が年に二十頭捕れれば売り上げは一万四千両ほどという勘定になる。

この頃益冨家は生月島と壱岐と的山大島で合わせて四組の鯨組を操業しており、五年前の寛政七年に平戸藩に納めた運上金は銀三百三十四貫二百五十匁という記録が残っている。これが総売り上げの何割なのかははっきりしないが、仮に一割であったとすると、一組辺りの総売上は単純に四で割って銀五八五貫目ほど、小判に直すと金九千七百十一両になる。大まかに言ってこの頃の益富鯨組は一組当たり年に一万両ほどの売上があったと見てよいであろう。但し、運上金以外にも臨時の献金、運上金の三割にも達する貸し付け金のほか、新田開発や築堤などの事業への出資も多かった。支出として人件費、米代・薪代、漁具などの資材費その他の経費を除くと総売上のうち利益が何ほどであったかは又別の話である。

藩侯の了承がえられたので二之助は信濃守にお目通りを願い出て、新たに鯨組を創設する費用見積もりを清書して提出することにした。

お目通りは三月九日になった。

「初めてご尊顔を拝し、恐悦至極に存じ上げまする」

と、型どおりのご挨拶をする二之助の大分後ろに、又吉が平伏して控えている。

直参旗本から見れば、松浦家の家来などたとえ家老職であろうとただの陪臣に過ぎぬ、というほどの身分の隔たりがあるのは自明だが、二之助としては相手が如何ほど高貴のお旗本であろうと、恭倹を以てする以上のことは出来ぬ、と腹をくくっていた。とは言え、信濃守も自分のほうから面倒事を頼んでいるからには勿論粗略に扱える筈はない。

「この度は遠路足労をわずらわせ、恐縮に存じておる。また、そこもとが遣わしたと聞く、そこな又吉と申す者には肥前生月島で行なわれておる鯨猟の有様をはじめ、鯨組の仕組みなど両三度にわたって存分に聞かせてもろうて、今や顔馴染みとさえなっておる次第じゃ。改めて礼を申す。

して、かねて頼み置きし鯨組創設にかかる見積もりのことじゃが、先日届けてもろうた資材の見積もりに続いて、働く者どもへの手当を合わせた総見積りが出来たと聞くが、如何じゃな」

二之助は袱紗《ふくさ》に包んで持参した積方帳面を、用人を介して手元に差し出した。

「これは、国元の鯨組の控え元帳より急ぎ抜き書きしたものでございますので、未だはなはだ粗略でござって、御疑念の点も多かろうと思われまする。

拙者は、秋頃と聞きおよびまする羽指どもの江戸到着までは、平戸藩上屋敷に逗留致す所存でございますれば、御不明の事あらば、何時なりとお呼び出し頂きますように願い上げまする」

　帳面を手元に取ってさらさらと捲《めく》っていた信濃守の手が最後の辺りで止まった。

「・・二万七百九十両、とな」

　それは信濃守のかねての予想を上回る額であった。しかもこれは平戸で創設した場合の見積もりであり、移動や運搬の費用は含まれていないという。蝦夷地の、しかもエトロフ島で揃えるとなるとこれが如何ほどになるのであろうか、信濃守は内心の動揺を隠せなかった。

「確かにかなりの高直《こうじき》となっておりまするが、これはただいまの平戸の鯨組と同様のものを全て誂えた場合の算用でござって、初手から全て揃える必要のあるものではござらず、また、工夫次第で省くことの出来るものも多いことかと存じます」

「うむ、相分かった。予も、ちと時を掛けて子細に目を通してみることと致そう。

　蝦夷表に遣わした鯨猟師共の消息なども追々伝わってくるであろうゆえ、そこもとも折を見て当屋敷に参るが良かろう。当方からも、何ぞ消息の届き次第、壱岐守殿上屋敷まで伝えるよう用人共に申しつけておくといたそう」

こうしてこれから半年ほどに及ぶ二之助の江戸暮らしが始まった。庭園や泉水も設《しつら》えられた広大な平戸藩上屋敷の内には江戸詰の藩士の為の御長屋があり、二之助にも一世帯分があてがわれた。竈《かまど》なども備わってはいたが、飯炊き女に頼んでおけば飯と汁、香の物位は用意してもらえる。

二之助の差し当たっての御用は近々お国入り予定の藩侯に、御不在中に想定される様々な事態に備えて対処の仕方を承っておくことであった。蝦夷地御用役所や信濃守様からお尋ねがあった時はどのように対応するか、お留守居役の中の誰に相談するべきかなど、殿様は存外心配性で、そのご指示は細かい所にまで及んでいる。

御出立の前に、二之助は江戸上屋敷の「お納戸方助役《すけやく》」を拝命した。諸方面への贈答など、外向きのことに目配りをするのがお役目で、これで信濃守様屋敷や蝦夷地御用役所への出入りが御役目柄であることがはっきりしたので、自他共に動きやすくなったのは有り難かった。

畳屋又吉はお役目が終わったので国元に帰ることになったが、信濃守様お屋敷に黙って帰るわけにもいかぬので、御用人様にお暇乞いを申し上げたところ、思いがけなくもお屋敷から又吉宛てにお召しの書き付けが届いた。参上すると、信濃守様御自《おんみずか》らお

会いになって、ねぎらいの言葉を賜った上に、

「先だってより段々召し呼ばれ候に付き、白銀拾枚、八丈島二反、これを下さる」

と書かれた目録を頂戴した。

この報告を聞いた藩侯は、これは自らが手配した気配りへの信濃守の感謝の印、と受け取られたのであろうが、用人菅沼量平を使者に仕立てて信濃守へお礼の口上書を届けさせた。

「此の度鯨漁の儀に付き、在所町人畳屋又吉を召し呼び置き候処、時々召し呼ばれ、其の上此の節帰邑《きゆう》するに付きては、一昨日もお逢いの上、二種の品を下されたと聞きおよび、拙者に至っても忝《かたじけな》く存じ候、右御礼以使者申述《ししやをもってもうしのべ》候」

目録頂戴は又吉がよほど信濃守に気に入られたことの現れであったろうが、町人一人の働きによって、殿様方の交流が一層深まったのは祝着なことだった。

藩侯が国元へ御出立なさったのでやや余裕のできた二之助は、江戸に出たら会いたいとかねてから思っていた司馬江漢を訪ねた。

江漢との仲は十二年前にさかのぼって、鯨漁の有様を見てみたい、と言って生月の

益冨屋敷を尋ねてきたので、一月ほど滞在させて面倒を見てやって以来である。その頃の二之助はまだ益冨家を継いでもおらず、亦之助と名乗って先代の跡取りとして家業を仕切っていた。

　江漢が生月に来て半月程経った頃、すでに鯨舟に乗せられて海の上を引き回されて懲りたとみえ、

「船酔いするし、寒いからもう舟には乗りとうないなあ」

などとむずがるのを、引ったてるようにして一緒に勢子舟に乗ってやり、身の丈十五間もある背美鯨を羽指共が見事に仕留める様を共に目の当たりにしたことが、つい先日の事のように思い出された。

　司馬江漢などと志那人風に名乗っているのは、「芝に住んでいる江戸の漢《おとこ》」というのをもじったものだと聞いていたので、芝の増上寺の近くだろうと見当を付けて訪ねたら、さすがに高名な絵描きだけあって家はすぐに分かった。

　かねてから近々江戸に上《のぼ》ることを知らせてあったので、おとないを入れると、走るように玄関口に出てきて、

「一日千秋の思いで待っておったぞ」

などと言いながら手を取るようにして画室兼座敷のような部屋に通され、まだ陽も高い時刻ながら、早速あり合わせの物を肴に一杯飲みながら久闊を温めたのだった。歳は江漢の方が一回りも上なのだが昔から妙に気の合う二人は、その後は十日と空けず互いに訪ね合うことになる。

二之助には実は江漢に会ったら相談してみようと思っていたことがあった。というのは、数年前から時々悪寒と震えに襲われることがあって、その後数日は立ち居がままならない日が続いたりする。かといって、そうでない日には至って元気で、食欲も普段通りなのだった。

「ふむ、そういうことなら、江戸で当代随一との評判の名医を紹介して進ぜよう」

と言って連れて行ってくれたのは、蘭方医、大槻玄沢の屋敷だった。

玄沢はこの時四十三歳、国元の一ノ関で医学を修めた後、杉田玄白、前野良沢に蘭学を学び、長崎遊学を経て今では仙台藩の江戸詰めの藩医となっている。医業の傍ら蘭学塾「芝蘭堂」を主催して、今や江戸蘭学界の中心的な存在になりつつある人物だった。江漢は蘭学を通じた古いなじみで、芝蘭堂で毎年催される「おらんだ正月」の宴の常連客でもある。

江漢から紹介されて喜んだのはむしろ主人の玄沢の方で、玄沢はかねてから鯨に一方ならぬ関心があり、かつての長崎遊学の折に西海の鯨組を訪れる機会がなかったことを今でも悔やんでいるほどであった。そもそも長崎遊歴を思い立った江漢に、平戸まで足を延ばして鯨漁を見てくるよう奨めたのは玄沢なのである。

江漢は、その時肥前生月で見た八丁艪の勢子舟の勇ましさや、舟の上から羽指達が万銛を放ち、背美鯨を仕留める有様を一つ話にしていた。ことあるごとに江漢がその話を身振り手振りで語るのを、律義な玄沢は嫌がりもせず、うらやましく思いながら聞いていたのである。

二之助から詳しく病歴と症状を聞き、一通りの診察が済んだあと、玄沢は首を捻りながら見立てを話した。

「時々悪寒と震えが起こって、二、三日後は何ともなくなる、というのは、漢方の方でいう『瘧《おこ》り(マラリア)』の症状と似ておるようですが、それが決まった日毎に起こるというわけではなく、また、腹中の脾の臓あたりが腫れておらぬのもそれらしくないようで、今のところ原因ははっきりしませんな。いずれにしても、しばらく経過を見させて頂きましょう」

と言って、煎じ薬を調合してくれた。

「これは柴胡桂枝湯と申す薬で、悪寒と熱が出た時、煎じて日に三度、食間に服用してみてくだされ。漢方の処方ではござるが、蘭方にはこのような時にさしあたり処方するべき薬がないのが泣き所でござってな、は、は」

と、至って腹蔵のない説明をしてくれたのが二之助はいたく気に入った。

この後、月に二度ほど通い、玄沢の方からも通り掛かりの折には上屋敷の御長屋を訪ねてきてくれたのだが、そのような折には玄沢は診療が終わるやいなや、鯨のことで二之助を質問攻めにするのが常だった。鯨の内臓のことなどを聞かれても、鯨を捌く現場など詳しく見たことのない二之助には答えようがない。

「たって、お尋ね申したい」

と言われた事柄についてはわざわざ国許に手紙を出して問い合わせてみたこともあったが、鯨を捌いている者達とて別に解剖に興味があってしている仕事ではないので、結局はかばかしい返事が得られるわけもなかった。

それでも、何事にも粘り強い玄沢は、この時二之助から聞いた話と、三年前に平戸藩医の芥川祥甫に聞いた話、および杉田玄白に貸してもらったヨンストン著の『海族譜』に載っている鯨の図説から得た知見を合わせて、後に『鯨漁叢話』と題した小冊子を纏めている。

二之助はそのうちに不思議と以前ほど寝込むほどの症状は出なくなって、江戸滞在中には、すっかり治ったのではないかと感じるほどだった。

この間にも三人はお互いに都合をつけ合って歓談の機会を楽しんだ。江戸で評判の料理屋で会食したり、二之助が仕立てた屋形船に客を招いて隅田川の納涼と洒落こんだり、折々の神社仏閣の縁日を訪ねたり、と物見遊山を兼ねていることが多い。

鯨の話を枕に話が弾むのが常で、この頃江戸で話題の人物の月旦《げったん》、昨年江漢が上梓したばかりの「西洋画談」の売行きの噂などと、色々話題のある中でも、二之助には芝蘭堂のおらんだ正月の話、とりわけその宴に大黒屋光太夫を招いた折りの話が面白かった。光太夫は持ち帰ったロシアの衣服に身を包んで、用意された曲彔《きょくろく》に座り、ロシアでの様々な体験について語り、ロシア語でもしゃべって見せたという。光太夫はサンクトペテルブルグの宮廷でエカチェリーナ女帝に引見された折にも自在にロシア語を話して気に召され、多くの身分あるロシア人達とも交友を結んだというのだから、よほど魅力に富む人物なのであろう。

光太夫が番町の幕府薬園に住まわせられているのは、ロシアに長く居たためにキリシタンの疑いを掛けられ軟禁されているのだ、という噂もあったが、別段外出を禁じられているわけでもなく、郷里の伊勢への里帰りも果たしている。おそらく、何時来航するかも分からないロシアに備えるために、かの国の言語に通じた光太夫を江戸市中に留めているのだろう、というのが玄沢の見解だった。

このような調子で会う度に話は盛り上がり、しばし時を忘れるほどだった。四十路を迎えて、国元での平穏な日々に慣れつつあった二之助にとって、かくも刺激に満ちて、生きた心地に富む時を過ごすことが出来ただけでも江戸に来た甲斐があったというものだった。

信濃守の屋敷には、暑中お見舞いやご機嫌伺いを名目になるべく頻繁に訪れるようにしていたのだが、対応に出る用人からは、今のところ蝦夷表からの音信は届いていないが、何か分かった折にはすぐに連絡をしよう、と毎度言われるばかりで、何事もない日々が続いた。

七月十七日、始めて蝦夷地からの便りが届いたという知らせが来たので早速出向いてみると、書状は五月四日に蝦夷表から仕出されて七月十三日に江戸に届いたとのこと。本来信濃守が直々に伝えるつもりのところに、偶々本家の当主が訪ねてきたからというので、代わって天野用人から聞かされた所によると、両名の羽指は近藤重蔵、山田鯉兵衛に伴われて閏四月十二日にクナシリ島を出帆し、同月二十四日エトロフ島に恙《つつが》なく到着している。彼らは辰悦丸に積み込んでいた鯨船を使って鯨見分を始めており、背美鯨なども見えたという報告が届いているとのことだった。二之助は用人に頼んでその内容を書面に書いて貰い、早速国元の藩侯の元に送った。

しかしこの書状の内容は後日判明した事実とは大いに異なっていて、そもそも手紙が発送されたという五月四日には羽指はまだヲイトにとどまっていて、鯨見分は始まってもいないのである。誰が書いたとも分からない、何とも不可解な手紙だった。

次いで八月六日には寅太夫、安兵衛連名の二之助宛ての書状が届いた。五月十二日エトロフ島ヲイト発の手紙で、二月に在所を発って、ヲイトに到着するまでのことを縷々綴った後、今はまだ時期が早く、鯨の姿は六月にならぬと見えぬ由、ついては江戸到着は八月下旬以降になりそうなので、左様思し召し下さるべく、斯くの如くで御座候　恐惶謹言、と結んである。文意は明瞭、簡にして要を得た内容で、とても漁師

が書いたものとは思われない。二之助は、

「やっぱり寅太夫はただ者にあらず、じゃな」

と、つぶやきながら、書状の写しを藩侯に送った。この時二人から江戸に届いた封書はもう一通あって、彼らが下ノ関まで世話になった深見又次右衛門宛になっているので、こちらは私信扱いにして平戸に送ってやった。

鯨の行方

九月も半ばを過ぎ、秋も深まってお長屋暮らしのなかにも冷え込みを感じるようになった。いくら何でももうそろそろだろう、と気にかかりだした頃、そろそろ昼飯にかかろうかという時分時《じぶんどき》のお長屋に、旅姿の寅太夫と安兵衛がひょっこり現れた。九月十七日のことで、もちろん高橋三平の家来、大友角右衛門に伴われている。

「遅うなりましたばって、只今船が江戸に着きましたもんで、大友様に連れられてお屋敷に参上いたしました」

寅太夫がかいつまんで話したところに拠ると、一行が乗った観音丸は、途中逆風に流されて下北半島の下風呂という入江に碇を入れて十日近くも風待ちをした後、八月二十五日にやっと出帆し、その後はひどい時化に遭うこともなく、二十日あまりで無事江戸湾にたどり着いたというのだった。先ほど観音丸が着いた築地の船溜まりから早速上陸して、とりあえずこちらに顔を見せたのだという。二之助は二人ともすっかり陽に焼けているが足取りは軽く、元気そうなことに先ず安堵した。二之助が蝦夷地以来世話になった礼を述べようとすると、角右衛門は気が急いている様子で、

「ご挨拶は後程伺いましょうが、只今はちょっと荷物を置かせて頂くのに立ち寄った迄でござって、先ず蝦夷地取締御用役様方に急ぎ到着をお届けせねばなりません」

と言った。それはもっとものことなので、とりあえず炊きたての飯と汁で昼食をとらせ、荷物を置いた三人を送り出した。

　大友角右衛門は、主人高橋三平の役目柄、勘定奉行石川左近将監の屋敷に罷り出た。案内を乞うと、直ぐに御屋敷の内に通され、左近将監が自ら出てきて三人を迎えてくれた。しかも間の良いことに、たまたま御寄り合いがあっていた由で、松平信濃守も居合わせており、二人とも彼らの到着を待ち侘びていたところであったので、早速直々

のお聴き取りが始まる運びになった。

士分の角右衛門はともかく、羽指共は下々の身分の者達ではあるが、蝦夷地御用役所から直々に命じられたお役目を復命するのであるからには、との裁量であろう、座敷に座す殿様方に近い板の間に通され、直々のお尋ねを受けた。まず筆頭職の信濃守が口を切る。

「エトロフ島からの船が、今朝方江戸に着いたと聞いたが、三人とも遠路にもかかわらず達者と見えて重畳じゃ。早速ではあるがエトロフ島鯨見究めの次第を聞かせて貰うと致そう」

寅太夫と安兵衛は、まず在所を出て下関から直船頭 嘉兵衛の辰悦丸に乗り、エトロフ島にたどり着くまでの船旅の模様と、ヲイトから蝦夷人の小舟に乗ってエトロフ島の南端に近いタンネモイで鯨見を行なった次第を申し上げた。

肝心の鯨については、タンネモイの辺りでは確かに鯨の数は多かったが、ほとんどは座頭鯨で、長須鯨と小イワシ鯨は見かけたが、背美鯨は全く見なかったこと、海は至って深くて網代には不向きとみえたが、ソエと呼ぶ鯨の餌になる魚が岸近くに寄っているので、三結《みゆい》ほどの網を使う規模の組で漁をすれば二、三十頭くらいの鯨は獲れそうに思えたこと、など、見た限りのことを委細残らずお話申し上げた。

航海についてのお尋ねには、エトロフ島はあまりに遠方で、海は荒海なので渡るのには難渋し、何かにつけて不便な所だった、と感じたままをお答えした。しかし何分にも在所訛りの話しぶりなので、二人の殿様が聞き取りに苦しんでおられると覚しいところは、旅の間に耳の慣れた角右衛門が横から補足して説明した。

三人が勘定奉行屋敷を出て、平戸藩上屋敷に戻ったのは日も暮れた頃だった。二之助は改めて大友角右衛門に厚く礼を述べ、疲れ果てた三人を入浴させ、夕餉を取らせた後は長屋でゆっくり休んでもらうことにした。

翌日、二之助が改めて羽指共到着の報告のために信濃守屋敷を訪れると、殿様のお出ましはなく、用人天野右門を通して、

「その方は、二人の羽指から蝦夷表の鯨の様子をとくと聞き置き、自らの所存《しょぞん》などあればそれも付けて遺漏のないように準備しておくように。四、五日の内には羽指を召し連れて参上するよう呼び出しがあろうが、その折にはあらためて様々のお尋ねもあろうから、しっかりお応えするように羽指共に申し伝えておかれよ」

との達しを伝えられた。その後、羽指たちからの聞き取りも終わり、何時なりともお

召しにお応えする準備が整った旨を連絡したのだが、信濃守屋敷からのお呼び出しは一向になかった。

そうこうするうちに、蝦夷地御用会所の役人、坂本伝之助と岩間哲蔵連名の手紙が二之助宛てに届いた。

「申し談ずる御用これ有るに付き、明晦日《みそか》朝五半時（午前九時）頃、霊岸橋際《れいがんばしきわ》埋立地、蝦夷地御用会所まで、鯨取羽指寅太夫、安兵衛を召し連れて出頭なさるべし」

裃に身を整えた二之助は、紋付き羽織を着用した二人の羽指を同道して蝦夷地御用会所に参上した。

会所では、呼び出し状にある二人に加えて同役の細見権十郎も加わって三人がかりのお尋ねがあった。先に勘定奉行屋敷で二人の殿様にお答えしたのと同様のことに加えて、国元で行われている鯨漁の模様など、詳細に渡って聞き取りがあり、傍らでは書き役がそれを逐一記録した。

昼飯抜きで続いたお尋ねは午後二時頃やっと終わって、疲労困憊気味の三人はお長屋に帰った。

翌日、又しても蝦夷地御用会所から呼び出し状が届いた。今度は十月二日、午前十時に会所に出頭するようにとのお達しだった。
二日前と同様に三人が出頭すると、会所では役人三人が列座の上、羽指二人に宛てて記された御書付が読み上げられた後に手渡された。

肥前国平戸領
鯨突き羽指
寅太夫
安兵衛

金三十両
其の方共儀、御用ニ付蝦夷地へ差遣《さしやり》り候処、此度帰路いたすニ付、手当の為掛《かかり》奉行衆より書面の通り、これを下さる
申《さる》 十月

この御書付に記された掛かり奉行衆というのは、五有司の中の、松平信濃守、石川左近将監、羽太庄左衛門、三橋藤右衛門の四人の殿様方のことだと教えてもらった二

之助は、翌日それぞれの屋敷を訪ね、お礼を言上した。

この日の夕方、忙しい一日を終えて御長屋に戻った二之助を、蝦夷地御用会所の役人岩間哲蔵が待っていた。用件は、先だって松平信濃守に提出した、鯨組を創設するに要する費用の積り方帳面の元帳を貸して欲しいということで、別段隠すべきものでもないので、言われる通りに貸してやった。

その二日後の十月五日、信濃守屋敷にご機嫌伺いに参上すると、久しぶりにすぐにお会い下さった。信濃守が座る上段の間にほど近く対座した二之助は、九月以来お預けの形になっていた、羽指共から聞き取ったエトロフ島での鯨見の報告を、すでに良くご存じの筈なので極くかいつまんで申し上げた。

それを、うんうん、と聞き流すように聞いて、信濃守はしばらく目をつぶってから二之助に目を遣った。

「本日は、その方に申し伝えることがあるのじゃ。

この度羽指共が見分して参った場所の様子をよくよく聞き合わせてみると、鯨猟については、どうもこれまでエトロフ島掛りの役人達がしきりに有望の所のように申し越しているほどでもないようじゃ。

加えて、たとえ十分の数の鯨が獲れたとしても、至って遠隔の場所故、何かにつけて行き届いたことが出来るのか、おぼつかないように思われる。かれこれを勘案し、この度の鯨猟の件は、御見合わせ、ということに相成った」

ここまでを一気に話すと、信濃守は傍らの茶托から茶碗を手にして一服した。

「これにてその方と羽指共の御役目は終わったわけじゃから、この先帰国の儀は何時なりと勝手次第、と言う事じゃ。これまで段々と苦労を掛け、まことに大儀であった。鯨見究めの労があったればこそ、鯨猟の方針を決めることが叶うたのじゃから、その成る、成らぬに拘わらず、その方共の功にいささかの変わりはない、と思うておるぞ」

真情溢れる言葉に心を動かされながら、二之助はご厚情に御礼を申し上げた。更に、出立の期日が決まったら、その前にもう一度会いたい故、知らせを入れるように、と仰せつかって御屋敷を辞去したのだった。

信濃守屋敷から藩邸に戻る通い慣れた道をたどりながら、二之助は先ほどまで間近に対面していた信濃守にいつもの精気がなく、面窶《おもやつ》れしたような感じがしたことを思い返していた。

勘定奉行 石川左近将監と信濃守の二人が、蝦夷地から戻ったばかりの両名の羽指からエトロフ島の鯨見究めの首尾を聞き取ったのは九月十七日のことだった。その後今に至る二十日ほどの間に、四人の掛奉行衆の間で容易ならざる論議が交わされたのは間違いないところだろう。

エトロフ島に鯨組を置くことによる数々の余得、殊に近藤重蔵が進言しているとおりのロシアに対する示威効果も、余りに巨額の投資と、利を生むどころか大赤字になりかねない鯨漁場の条件の悪さに見合うほどではあるまい、という見立てが評定の流れを制したのであろうことは想像に難くない。そうであったとしても、信濃守にとってはさぞ無念の「御見合わせ」だったことだろう。

藩邸に戻った二之助は信濃守の言葉を年寄り衆に伝えた。国元で首を長くして待っておられる藩侯に、早速報告すべきであったが、藩侯は国元滞在を早めに切り上げて、十月半ばには平戸を出立なさるという知らせが届いていた。江戸屋敷では、それなら飛脚便を出すより、帰路につく二之助一行が道中御行列に行き会う折に直にお伝えした方が良かろう、との判断に落ち着いた。

出立は十月十五日と決まったので、その旨を信濃守屋敷に知らせ、御都合に合わせて十月八日に罷り出ると、信濃守は早速会ってくれた。

「いよいよ出立と相なったか、その方と言い、先の又吉といい、会えぬとなると名残惜しいの。道中、折角達者で帰るが良い。

先日来申しておることじゃが、この度のエトロフ島鯨見分に当たってのその方の春以来の働き、まことに大儀であった。ついてはこれは掛り奉行衆よりの下され物じゃ」

という言葉とともに渡された目録には次の品々が記されていた。

鷲尾　九尻
熊皮　二枚
八丈島　五反

それに加えて、松浦候への懇《ねんご》ろな感謝の挨拶も承って、当日は藩邸に引き取り、翌日、例によって改めてお礼言上《ごんじょう》に参上した。

十一日には藩邸のお目付衆から三人分の帰国の旅費が支給された。馬三匹、駕籠一丁の雇い賃と旅籠代の他に、一人前銀百五十匁（金二両二分）が貸し下された。

翌日、岩間哲蔵が、先に貸した鯨組積り方帳面を返しに来て、全部を写し取った中に分からない所があるのを尋ねられたので、いちいち説明してやった。

十三日には勘定奉行所に呼び出され、三人分の江戸から伏見までの「道中人馬御触書」を下し置かれた。この書き物は道中奉行を兼ねる勘定奉行 石川左近将監から各宿場の問屋と年寄り役に宛てて出されたもので、一行に対して人足六人と馬三匹の提供と、川渡しや宿の世話など、旅の便宜を計ることを、宿送りを以て行なうよう命じたものであり、先触れの知らせは既に二日前に出されていた。但し、触書の末尾には、定められた賃銭と宿代は本人達から受け取るように、と書かれている。

このように、報奨するにあたっても吝嗇《りんしょく》と感じられるまでに節倹であるのは、三河以来の徳川幕府の体質のようなものであったのだろう。

二之助は年寄り衆をはじめ藩邸中の皆々様、そして下屋敷におられる御世継ぎの若様（煕《ひろむ》）、それに松浦藩の分家である平戸新田藩の殿様にも暇乞いのご挨拶をすませた。

いよいよ十月十五日、七つ時（四時）に三人連れで御長屋を出立、夜明けを高縄で迎えて提灯を消し、その日の夕方五時に戸塚に止宿した。

旅の途中、お伊勢参りをしたい羽指たちの気持ちを汲んで、桑名で分かれて二人を伊勢に向かわせ、二之助は馬に乗せた荷物を引き受けて伏見への東海道をたどった。

道中奉行様から御触書を預かっている手前、皆で寄り道をするというわけにもいかない。

伏見に着いたのは十月二十七日、伏見本陣に道中御触書を返して受取書を貰った。途中大井川で大雨のため川止めが一日あったのを入れて江戸から十三日の道中だった。伏見では「道中で持病が出たので医者に診せるために京都へ立ち寄る」旨の手紙を大坂蔵屋敷に送っておいて、荷物は大坂から来た迎えの者に任せ、京見物にまわった。下賀茂神社や清水寺を始め数々の神社仏閣、御所、島原遊郭などの名所をゆっくり見てまわって、お札《ふだ》や土産物を買いこんだ。羽指達は四日ほど遅れて京の宿で合流したので、彼らにもいくつかのめぼしい所を見る暇はあっただろう。その後宇治の平等院へも回り、伏見から三十石船に乗り込んで淀川を下って、大阪に着いたのは十一月四日だった。

この先また訪れることなどあろう筈もない伊勢神宮や京の都を素通りしたとあっては、国で土産話を待っている者達に申し訳の立たないことになる。寅太夫と安兵衛にとってこの寄り道がいかほど有り難く嬉しかったことか、さすがに二之助はよく心得ていた。

殿様は十月十三日に平戸を発たれたとのことなので、二之助らは藩の蔵屋敷と益冨家出店の生月屋を行き来しつつ、芝居見物などを楽しみながら御到着を待った。

御行列は十一月八日に大坂に着いた。壱岐守は蔵屋敷に入ると、寛ぐ間もなく二之助を呼び寄せた。

「早速じゃが、羽指共のエトロフ島鯨見究めの首尾はいかがであったか、又、鯨組仕出しの沙汰は如何相成ったか、それが気にかかって、道中心急く思いであったぞ」

「ははぁ、両名の羽指共は去る九月十七日に無時江戸に参着いたし、直ちに勘定奉行石川左近将監様 御屋敷に伺いましたところ、折よくお居合わせの信濃守様とお二人掛りの詳しいお聞き取りがあった由にございます。

近々のうちに呼び出す故、支度をして待つようにとの信濃守様よりの御沙汰がございましたれど、その後御呼出しはなく、十月五日にお屋敷に伺いましたるところ、御逢下さり、直々にお達しがございました。

その子細は、お掛奉行衆の様々なる御勘案の末、この度の鯨猟の件は御見合わせ、と相成った由でございます。また、事の成る、成らぬにかかわらずその方共の功に変わりはない、との有難いお言葉を頂きました。

併せて壱岐守様には一方ならぬお骨折りをお掛けしたる段につき、懇ろな御礼のご口上を承りましてございます。

また、掛り御奉行衆より、羽指共には金三十両、拙者にも目録の品々を下されましてございます」

壱岐守は、鯨猟が見合わせとなったことには、さすがに落胆した様子だったが、信濃守からの挨拶の口上には何度もうなずき、

「さよう相成ったか、何分にも新たな鯨組創設の入り用がよほど多額であったし、かの島はあまりに僻陬《へきすう》にして何かと不便ということを思えば、無理からぬところではあろうの。いずれにしても、その方共の骨折りは蝦夷地御用の鯨猟取り立て勘案のお役に立ったということじゃ。まずは、大儀であった」

別室に並べてあった二之助が拝領した品々にもじっくりと目を通して、親しく言葉をかけた。

「蝦夷地に因《ちな》む良きものをいただいたの、随分大切にいたせ」

紋付き羽織で罷り出た羽指両名には目通りを許したばかりか、親しく労《ねぎら》いの言葉を

掛け、手にした扇子を、

「羽指共に与えよ」

と言って、二之助に渡した。

両名は酒食を賜った後に、又々お部屋に呼び入れられて、エトロフ島の鯨の様子などのお尋ねがあったので、畏れ入りながらも詳しくお答えしたのだった。

二日後、お行列は江戸に向けて御出立となり、二之助らは礼装に身を整えて蔵屋敷の玄関口に並び御見送りをした。と、六尺達が立ち上がる前に、御駕籠の引き戸が開き、二之助が手招きされた。二之助が駕籠傍に控えると、壱岐守は扇子を口元に寄せて、内緒事のように言葉を掛けた。

「この度の一件、奇しくも三年前にその方を召し抱えておったのが上首尾となったわ。この後も、その方ならではの役目もあろうゆえ、頼みに思うておるぞ」

この年、壱岐守は療治が必要なことを理由に江戸に留まることを幕府に願い出、それが認められたのでこれが国元に帰る最後の機会となったのだった。あるいは、二之助が親しく藩侯に見《まみ》えたのはこれが最後だったのかもしれない。もっとも参勤そのものが免除されたわけではなく、これは世子の熙が代理を務めた。

二之助達はこの後高野山に登り、香華料を出してゆかりの人々の法要を営んだ。下山するとすぐに、折から入津したのを待たせてあった生月船に乗り、大坂を出帆した。瀬戸内では逆風で最寄りの湊に留まる日もあったが、途中からは順風に恵まれて一気に玄界灘まで乗り切ることが出来た。

しかし、十二月三日には時化となって西風が吹き始めたので船は志賀島に近い相ノ島の風裏に逃げ込んだ。数日をこの島で過ごして風待ちをしたものの、強い西風は一向に収まる気配がなく、しびれを切らした二之助は島の漁師に無理を言って舟を出して貰い、時折雪の舞う中、風浪を冒《おか》して対岸の新宮の湊に上がった。

その後は陸路をたどり、博多の街で二、三の知る辺に立寄った他には寄り道をする事もなく、十二月九日に無事平戸の御城下に帰着したのだった。

二之助は羽指達と、その身柄が属している御船手役所まで同道した。二人とはここでお別れである。

「長い道中やったが、お互い無事に帰って来られて良かったのう。いずれ又会うじゃろが、二人共、それまで達者にしておれよ」

寅太夫は、安兵衛と並んで深く頭を下げながら、感に堪えぬ面持ちで挨拶した。

「こん度は何から何までお世話下さりまして、このご恩は忘れるこつじゃござっせん。今のうちゃ、ちょうど唐天竺《からてんじく》にまで行ってきたごたる心地のして、平戸に帰ってきたともまだ夢の内のごとありますばってん、これから島に戻って、的山の海ば鯨が泳ぎよるとば見れば元にもどるこつでござっしょう。山縣様には、こん先も末永うご息災であんなさいますごと、二人で神仏に願うとります」

こうして的山大島の羽指達のエトロフ島への旅は終わった。

その後島に戻った二人にはお城から呼び出しがあり、困難なエトロフ島での鯨見究めの御用と江戸でのお聞き取りへのお答えの務めを立派に果たした事を賞され、代々町人の身分を与えられた。重役松浦典膳からは蝦夷地の様子についてあらためて詳しい聴き取りがあり、ご褒美として御台所で酒食を振舞われ、一人宛て銀三百目（金五両）が下された。その顛末《てんまつ》を賞して松浦典膳から下された文書が、子孫に当る的山大島の坂本家に残されている。

もともと羽指は口の重い者たちとしたものだが、初めて会う人や御殿様方が相手と

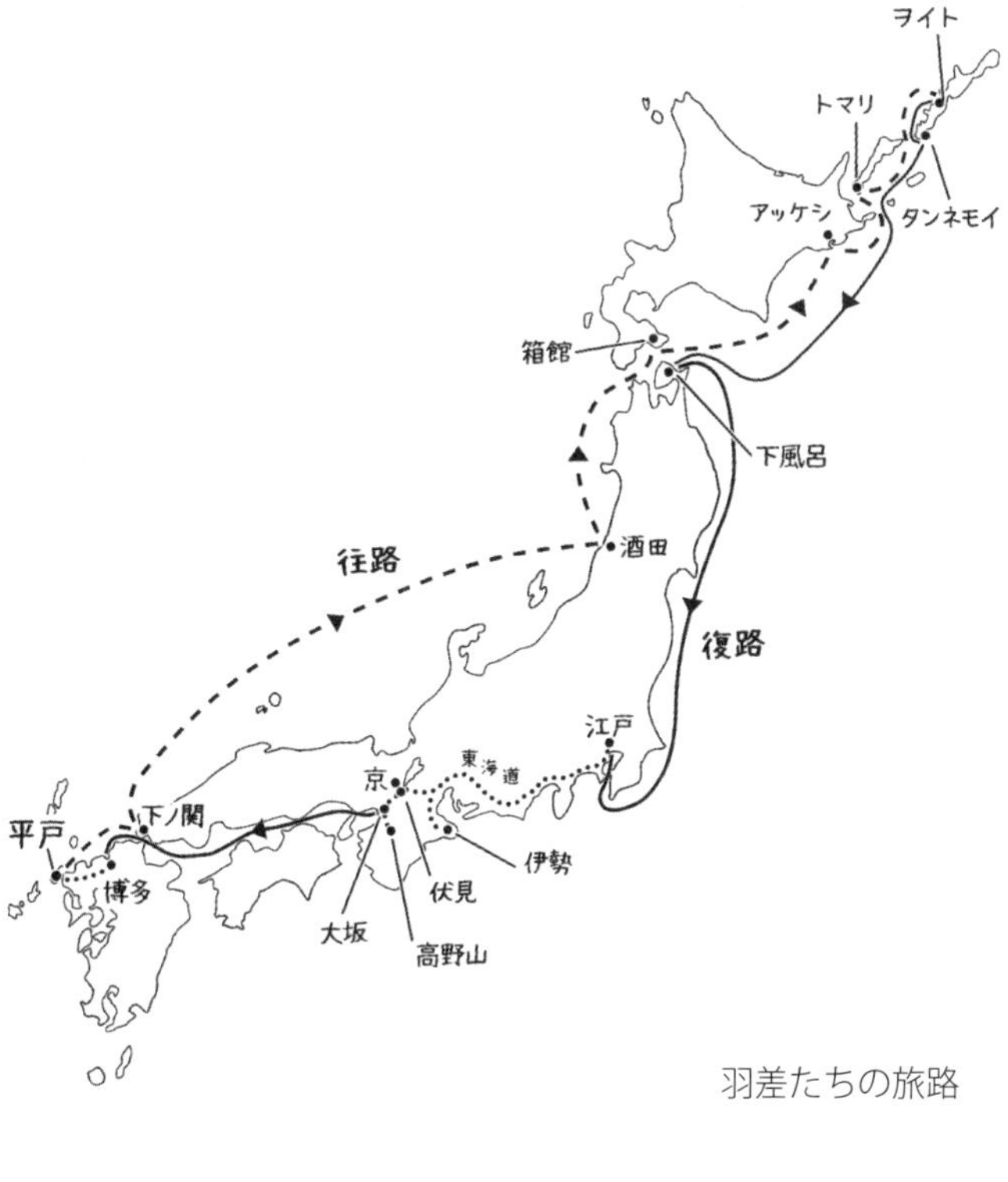

羽差たちの旅路

あっては、むっつりを決め込むわけにもいかず、二人なりに精一杯の気を使ってきたのだった。寅太夫などは、この一年足らずの間に今まで生きてきた分の二倍ほどもしゃべった気がして、島に帰ってひととおりの土産話を語り終えると、以前にも増してめったにしゃべらぬ親爺に戻ったのだった。

終章

エトロフ島鯨見究めの一件の次第はこれで尽きるのだが、関わりのあった人物たちと幕府の蝦夷地政策のその後を見ておこう。

山縣二之助は、間もなく祖先とする甲斐武田家の家臣四天皇の一人、山縣三郎兵衛正景に因《ちな》む「山縣三郎太夫正真《まさざね》」の名乗りを許され、広間番に昇進して藩政に関わる身分になった。一族が行なった事業の一つ、藩内の佐世保浦や針尾島の新田開発事業にもたずさわって、文化十三年（一八一五）に五十六歳で世を終っている。

二之助は筆まめな人であったと見えて、この度の一件に関わる五冊ほどの記録を残している。『蝦夷地鯨漁御用之一件日記』、『寛政十二年　御用伺手控』、『寛政十二年江府日記　帰路日記』などで、「山縣家文書」と名付けられたこれらの文書の複写本は、現在佐世保市立図書館に保存されていて、佐世保古文書解読研究会による解読文とともに閲覧することができる。

益冨家の捕鯨業は文政年間頃（一八二〇年代）に最盛期を迎えるものの、嘉永、安政の頃（一八五〇年代）から徐々に振わなくなり、明治七年に廃業するに至った。享保十年（一七二五）から中断を挟んだ明治六年（一八七三）に至る百四十二年間に益冨組が捕獲した鯨の総数は二万一千七百九十頭であった。

二之助らがたずさわった新田開発の埋め立て地が、その百年ほど後に佐世保市の繁華街となった中に「山県町」の名が残っている。

松浦壱岐守清はその後も様々に猟官運動を続けたのだが、ついに報われることなく、悲観して四十七歳で隠居を願い出、世嗣の熈に藩主の座を譲ってしまった。

隠居後は儒学の師にして親友でもある林述斎が名付けてくれた「静山」を号として、

江戸本所の下屋敷で剣術三昧の日々を送りながらも鬱々《うつうつ》とした気持ちを持て余していたところ、述斎に勧められて日々心にうつりゆくことを記述することを思い立った。その内容は歴史上の人物から同時代に至る様々な名士たちの事跡や逸話、江戸市中の折々の出来事、奇譚、果ては海外の異聞に至るまで広範な話題にわたっている。

六十一歳の時、文政四年霜月の甲子《かっし》の夜から筆を起こしたので「甲子夜話」と名付けられたその記録は、静山が八十二歳で身罷《みまか》るまで書き続けられ、全二百七十八巻という膨大な著述となった。静山存命中から評判の高かったこの著作は、現代に到って江戸記録文学の白眉として全巻が東洋文庫に収録され、松浦静山の名と共に永く記憶される存在となっている。

松平信濃守忠明は、エトロフ島での鯨猟御見合わせのことがあった翌年の享和元年、再び津軽海峡を渡って西蝦夷地を巡視したのを最後に、翌年蝦夷地取締御用掛を免ぜられ、その役目は新たに設けられた蝦夷奉行所、次いで箱館奉行所の奉行たちに引き継がれた。

忠明は蝦夷地御用掛に引き続いて駿府《すんぷ》城代に任じられた。駿府城代は大身旗本の職とされて格式が高く、与力十騎、同心五十名が付けられて、駿府に残された徳川家康の霊廟 久能山を礼拝し、駿府城の警護に当たるほか、駿府町奉行と共に幕府直轄地駿府を治める役目も担った。人も羨む恵まれた役職で、前職における功労が評価されたものであっただろう。

着任の翌年には安部川の治水事業を行ない、あたかも翌歳起こった洪水の被害を未然に防いだと言われる。三年後の文化元年には焼亡していた駿府浅間《せんげん》神社の再建を起工したが、その完成を見ることなく、翌年の春に没している。後に編まれた伝記、「故信濃守源公伝」には

「死後は駿府城の鎮護となるべく、城の見える場所に埋葬するように」

と遺言して病没した、と書かれており、墓は遺言通り駿府城を望む浅間神社北西の地にある。享年四十七歳は当時としても長命とは言えないほどと思われるが、立身出世に於いては申し分のない生涯であっただろう。

ところがここに不可解なことがあり、二〇〇一年に出版された講談社版「日本人物大事典」には、典拠は不明ながら、その死が「自害」と記されているのである。そうであったとしたら一体何が、生前自らを計らうに手抜かりの無かったと思われる忠明

をして、自死に赴かせたのであったのだろうか。

高田屋嘉兵衛のその後は波乱に満ちたものだった。

寛政十二年のエトロフ島での最初の年の漁獲はヲイト・シャナ・ルベツ・ナイボの四ヵ所で始まり、日々大漁が続いた。三年後には十七カ所の漁場が開拓され、その年にはエトロフ島だけで、差し引き一万両余りの収益があり、操業が本格化すればさらなる利益が見込まれた。高田屋も又順調に業績を伸ばし続けた。

このような順調な経営をうけて、東蝦夷地の七年間期限の一時上知は永久上知に変更され、文化四年（一八〇七）には蝦夷地全域が幕府直轄となって、松前藩は陸奥国梁川に移封となった。

ところが、その間にも幕府とロシアとの間には悶着の種が播かれていたのである。十二年前に大黒屋光太夫らを連れ来たったラクスマンに与えた信牌とロシア皇帝の親書を携えて、文化元年（一八〇四）に改めて通商を求めて長崎に来航したレザノフを、幕府は半年も待たせたあげく門前払いにした。しかも長崎での接遇は極めて悪かった。松平定信のロシアに対する通商許可の心積りは受け継がれておらず、信牌は反故にされたのである。怒ったレザノフは、配下のフボストフに命じて文化三年にカラフトの番屋を、その翌年にはエトロフ島シャナの守備隊を襲わせた。「文化の露寇」と呼ばれる事件である。

その時無残に踏みにじられた報復として、四年後の文化八年（一八一一）に測量の任務でクナシリ島に立ち寄ったロシアのディアナ号艦長ゴローニンら八人が日本側に抑留される。翌年、たまたま持ち船に乗って通りかかった高田屋嘉兵衛が、情報を求めて探索中の同艦に、乗り組みの者五人とともに捕まり、カムチャツカ半島のペトロハバロフスクに連行された。

その後嘉兵衛はディアナ号の後任艦長のリコルドと協力して、もつれた糸を解きほぐすように日露間を奔走し、それが功を奏して文化十年（一八一三）にゴローニンと嘉兵衛はともに釈放され、事件は解決に至った。しかし嘉兵衛と一緒に捕まった者のうち三人は抑留中に病死している。

これらの事件とはまた別の話だが、当初は直捌きの熱意に燃えていた蝦夷地御用の役人達も、慣れぬ商売を続けることに耐えかねたものか、エトロフ島漁場の経営を高田屋嘉兵衛に請け負わせることにした。三年後の文化十年には蝦夷地全域で、松前藩当時とは内容が異なるものの、商人請負制が再開された。高田屋はその幾つかを請け負い、新たな漁場も開いて家業は繁栄を極めた。

やがて嘉兵衛は養生のため故郷の淡路島に帰り、六年後には跡目を弟の金兵衛に譲って隠退、その三年後の文政十年（一八二七）、背中にできた腫物（癰《よう》）が悪化して五十九歳で世を去った。

ところがこの間には、幕府の蝦夷地政策が四度目の転換をする事態が起こっていた。文政四年（一八二一）、幕府は蝦夷地の直轄統治を唐突に取り止め、あたかも投げ出すように蝦夷地を松前藩に返し、復領させたのである。一体何がその理由であったのか、赤字続きの経営に嫌気が差したのだろう、とか、松前藩が時の老中 水野出羽守忠成に贈賄した結果であろう、などという推測がなされた。

しかし当時の蝦夷地では漁場が大いに増えていて、その時松前奉行を務めていた高橋重賢（三平）の調べでも、毎年一万両以上の黒字を計上していたのである。水野出羽守は確かに賄《まいな》いを取るので有名だったが、この場合は松前藩の運動の対象は時の将軍家斉の実父 一橋治済《はるさだ》であったと言われている。

それにしても、大した抵抗もなく松前藩復領が実現したのは、結局ディアナ号艦長ゴローニンの一件以来、北辺は安寧を取り戻していたので、ロシアに対する警戒心が緩んだのが最大の要因と考えられよう。蝦夷人共を庇護するだけの為となれば、幕府が苦労してまで蝦夷地経営を続ける必要もなかろう、と考える者達が増えていたのだ。以前から幕府の中に内在していた、松前藩のロシアへの対応の無気力と蝦夷人への虐待を憎む介入派の者達と、ロシアの脅威がなければ対応の必要もない、とする放任派のせめぎ合いのバランスがここで反転したのである。当初、深刻な危機感をもって始められた幕府の蝦夷地経営は足掛け二十三年であっけなく終った。

高田屋は幕府の直捌きが終わった後も引き続き松前藩の御用商人となっていたが、嘉兵衛が生前に心配したとおり、その死の六年後に松前藩に手ひどい仕打ちを受けることになる。ロシアとの密貿易の疑惑を告発されたのである。幕府の裁きによって密貿易の疑いは晴れたものの、ロシアとの間で私的な旗合わせをしたことを咎められて、闕所《けっしょ》、所払いの処分を受け、高田屋は没落した。その時幕府によって競売に付された高田屋の持ち船は三十七艘に及んだという。

その二十年ほど後、ペリーの来航によって嘉永七年（一八五四）日米和親条約が調印されると、翌年、下田・箱館の二港が開港された。それに伴い幕府は箱館奉行を再置し、ロシア対策の必要もあって蝦夷地の大部分を再び幕府直轄とするのである。

松前藩は安政元年に松前の地に福山城を落成させたばかりであったが、城の周辺地域を残して再び領地上知を強いられ、陸奥国梁川などに三万石の替地と年々金一万八千両を与えられることになった。

その十三年後が明治維新である。

戊辰戦争の最後の戦《いくさ》となった五稜郭の戦いに際して、新政府側に付いた松前藩の福山城は榎本武揚らの旧幕府軍に攻撃されて落城した。

その後の経緯は知られる通りで、榎本らは間もなく新政府に降伏し、箱館は旧幕府勢力終焉の地となったのである。

終

●参考文献

『蝦夷地鯨漁御用之一件　日記』（山縣家文書　佐世保市立図書館）
『寛政十二年　御用伺手控』（山縣家文書　佐世保市立図書館）
『寛政十二年　江府日記 帰路日記』（山縣家文書　佐世保市立図書館）
『寛政十一年　萬手控』（山縣家文書　佐世保市立図書館）
『江漢西游日記』司馬江漢全集第一巻　八坂書房　一九九二
『赤蝦夷風説考』　工藤平助 原著　井上隆明 訳　教育社新書　一九七九
『エトロフ島』　菊池勇夫　吉川弘文堂　一九九九
『悠々自適　―松浦静山の世界―』　氏家幹人　平凡社　二〇〇二
『和船Ｉ　ものと人間の文化史』　七六 - 一　石井謙治　法政大学出版局　一九九五
『幕末期蝦夷地における捕鯨業の企画について』　服部一馬　横浜大学論叢　五巻二号　一九五三
『函館市史』通説編　第一巻　第三編　第三、四章　箱館市史編纂室　一九九〇
『新撰北海道史』　第五巻　史料一　清文堂出版　一九九一
『大島村郷土誌』　大島村郷土誌編纂委員会　大島村教育委員会　一九八九

『鯨取りの社会史』　森　弘子、宮崎克則　花乱社　二〇一六
『鯨取り絵物語』　中園成生、安永　浩　弦書房　二〇〇九
『稲川遺芳・故信濃守源公伝』　山梨稲川　成蹊実務学校　一八一二
『日本人名大辞典』　上田正昭ら　講談社　二〇〇一
『黒船前夜』　渡辺京二　洋泉社　二〇一〇
『島の館だよりVol.12』　大島捕鯨の概要　中園成生　平戸市生月町博物館　二〇〇八
『平戸藩益冨又左衛門組の経営発展と巨大鯨組の取揚鯨』　末田智樹　『古式捕鯨シンポジウム事業報告書』（中園成生編集）　二〇二一

『江漢西遊日記』を読む

『江漢西遊日記』を読む

徳川の世も半ばを過ぎているとはいえ幕末にはまだ間がある太平の御代、画家にして蘭学かぶれの酔狂人、司馬江漢は天明八年（一七八八）四月二十日頃（以下旧暦）江戸は芝新銭座《しんせんざ》の自宅を出て、諸国を巡る旅に出立した。商売道具の画材や、自作の江戸名所の銅版画、それを立体的に見せる「反射式覗き眼鏡」という自慢の発明品、それに地球図などの入ったオランダの書物を持ち歩く都合もあって若いお供を一人《ひとり》連れている。これらの持参品は、行く先々で人々の肝をつぶす種となり、大いに旅の役に立った。

行き当たりばったりのようではあるが、蘭学と言えばもちろん目的地は長崎、そして肥前生月島《いきつき》の鯨漁を見るのが宿願だった。翌年江戸に帰り着くまでの一年ほどの間に、旅の先々で出くわした事物や風俗を文と絵で記録したのがこの『江漢西遊日記』である。おかげで二百年以上のちの我々も当時の街道筋の様子や人々の暮らしぶりなど、いわば「逝きし世の面影」を、旅行記を読み、絵を眺めながら楽しませてもらえるというわけだ。ここでは中でも長崎と生月島での体験に注目して、この絵日記の案内するところをたどってみたい。

司馬江漢と言えば「日本で初めて銅版画を作成し、油彩画も創製した人」と、教科書にも載っているので西洋流派の画人と思われているようだが、それは平賀源内《ひらがげんない》に連なる人たちに教えてもらった蘭学知識を生かした成果ではあっても、彼の画業のすべてとは言えないようだ。

絵の修行には若い頃から打ち込んでいて、それも狩野派の水墨画、沈南蘋《しんなんぴん》派の写実画、鈴木春信流の錦絵、そして西洋画へと渡り歩き、そのいずれでも一廉《ひとかど》の域にまで達していたのだから、面白そうなことには何にでも首を突っ込んで、納得のいくまで極めずにはいられない性癖だったに違いない。画業のほかにも天文・地理などの西洋知識の啓蒙書や老荘風の随筆なども物しており、ハッタリの効いた一筋縄では行かない人であったらしい。

江漢はこの時四十一歳、旅立つ時には三年ほどは帰らぬつもりの勇ましい決心だったのだが、神奈川宿当たりまで来た時には、おそらく小さな子供でもいたのだろうが、早くも残してきた家族が恋しくなり、旅の前途を思って「胸蓋《ふた》ぐ思い」に襲われた。そのうちしおれた様子を見て呆れた旧知の宿の主人から、「そんなことなら熱海で湯治でもした後には、一旦江戸に帰って出直しなさい」と諭される始末。とは言え折角《せっかく》思い立ったからにはそれも出来かねて、まるで糸の切れた凧のように、熱海辺りでは土地の人達にもてなされて遊郭で遊んだり、頼まれるままに絵を描いたりして過ごした。駿府では駿府城加番を務める旗本の殿様の屋敷に出入りしてもてなされ、近在の庵原《いはら》というところでは酒造家で分限者《ぶげんしゃ》の家で、絵の好きな息子や、その弟の道楽で剣術道場主をしている者たちと親しみ、面白おかしく日を送った。

そうこうするうちに宿恋しさの気持ちも落ち着き、何とか気を取り直して、江戸を発ってから何とふた月以上経った六月二十六日にやっと大井川を越えた。

それから先はあちらこちらに引っ掛かりながらも何とか旅を続け、十月十日に長崎にたどり着いた。

長崎にも江漢の名を知る人はいて歓迎され、江戸にはない異国情緒の雰囲気を大いに楽しんだ。長崎には旅館がなく、一般の旅行者が留まることは許されないことになっていたので、滞在する者は知る辺《しるべ》を頼りに泊めてもらうしかなかった。滞在中の十日ほどは吉雄幸作（耕牛《こうぎゅう》）方に厄介になっている。この人は和蘭《おらんだ》大通詞と蘭方医を兼ねた当代の名望家で、通人でもあった。オランダ渡りの家具や調度をしつらえた二階の部屋は「吉雄の和蘭陀座敷」と呼ばれて、長崎を訪れる者が必ず立ち寄る観光名所のようになっていた家である。

この家の台所は皆オランダ風になっていて、別室の土間には細工場と呼ぶ工房があり、珍奇な洋風の鍛冶道具から研磨盤のようなものまで取り揃えてあった。朝の食事は二階で椅子に座って山羊や小鳥を焼いたのをバターを付けて食べる、といった具合で日本離れしている。皆でテーブルを囲んで肉料理を食べたりするのは珍しく、楽しかったのだが、主人の朝酒に付き合わされるのには閉口したらしい。

この家には三、四歳くらいとみえる利発な子供がいて、片言ながらオランダ語を上手にしゃべった。例えば芋をあたえると「レッケル（うまい）、レッケル」と言いながら食べるといった風だった。幸作の孫かと思っていたが、実は妾に産ませた子供を引き取ったのだそうで、幸作六十二歳の時の子なので「六二郎」と名付けてかわいがっていた。のちの吉雄権之助である。権之助はオランダ商館長ドゥーフとともに本邦初の本格的蘭日辞書『ドゥーフ・ハルマ』を完成させたのをはじめ、数々の輝かしい業績を残した人だ。権之助のオランダ語は日本人離れしていて、のちにシーボルトが出島に来た時には、オランダ語がおかしいことを疑われて実はドイツ人であることを見破られるのではないか、とヒヤヒヤしていたという。

江漢は吉雄耕牛と並んで和蘭大通詞を務めていた本木《もとき》栄之進（良永《りょうえい》）にも会っている。この人は吉雄より一回りほど若い年回りで、コペルニクスの地動説を日本に初めて伝えた『天球二球用法』をはじめ天文・地理・暦法に関する十数冊のオランダ書を翻訳した当時の大学者である。江漢はこの旅から帰った後から天文・地理などの啓蒙書を書き始めるのだから、本木から直接教えを受け、啓発されるところが大きかった筈なのだが、旅日記にはそのことは一向に書いていない。そういう人なのだと理解するほかあるまい。

江漢は、一般人はもちろん立ち入り禁止になっている出島のオランダ商館に入りたいと思って関係方面に相談してみるのだが、白川侯、つまりこのころ寛政の改革を始めたばかりの老中松平定信の隠密じゃないのか、と疑われたらしく世話をしてくれる人がいなかった。その目で見ればさぞ胡散《うさん》臭い人物に見えたに違いない。そこを何とか知る辺を頼み込んで江戸会所の商人ということにして貰い、それらしく変装して出島のオランダ商館に潜り込んだ。

外科医ストッツルとカピタン（商館長）のロンベルグは昨年江戸の長崎屋というオランダ宿で会って旧知だったので、敷地内の花園や娯楽室の玉突き台など館内をあちこち案内してもらい、二階の美麗に飾られたカピタン部屋ではアニス酒をふるまわれた。彼らと馴染み深いところを見せてオランダ語で会話したりしたので、同行した長崎の者たちは

「この人は一体《いったい》どういうお人だろうか」

と肝をつぶしてささやきあっていた、と得意気に書いている。

折しもオランダ船が港に停泊中で、これには吉雄幸作の息子の和蘭通詞定之助の文箇持ち（鞄持ちという所か）に身をやつして乗り込んだ。水門から小舟に乗って一里沖に停泊中のオランダ船に漕ぎ寄せ、縄梯子で屋根の上ほどの高さのある甲板まで難渋しながらよじ登った。大砲は合わせて六十門ほど積んであり、三本マスト。ガラス窓の並ぶ船窓やクモの巣のように張り巡らされた帆綱《ほづな》、帆装などの艤装や、乗り組み

の水夫たちの作業ぶりなど、自ら観察したものに聞き取ったことも併せて、もちろん絵を添えて詳しく記録している。シーボルト事件の起こる四十年ほど前のこの頃は、コネさえあればオランダ商館やオランダ船に入り込むのもそれほど難しいことではなかったとみえる。

土地の人と一緒に丸山の妓楼に上がって「半太夫」という名の遊女を揚げた時には、太夫の器量はもちろん、衣装、髪型、夜具が表木綿で意外に質素な事に至るまで興味津々の様子で書き記している。この太夫には

「わたくしは江戸の路考と申す役者と良く似ていると言われるんですけれど、実《まこと》かしら」

と聞かれたのでよく見直したら、当時人気の美貌の女形《おんながた》、瀬川菊之丞に本当によく似ていた。この時の揚げ代は料理代十匁を入れて〆《しめ》て銀二十五匁（六十匁が金一両）と書きつけているところを見ると、この時は自分で払ったのだろう。たくさん絵を描いてやったから安くしてもらったのかもしれない。

卓袱《しっぽく》料理を馳走されたり、芝居を見たり、唐通事と話をしたりと、思うままの面白い日々を送ったことが綴られているが、長崎探訪の本来の目的であったはずの絵画修

行についてはまったくの期待はずれだった。当時長崎で最も有名だったという荒木元融という出島の絵画鑑定役を兼ねた絵師を訪ねているが、「一向の下手」の一言で片づけて見向きもしなかったようで、後に書いた書物の中では「小子崎陽《きよう》に遊んで絵を作る者を求むるに、絶えてなし」、と記している。

こうしてひと月あまりを過ごした後には、平戸に向けて出立した。平戸藩主松浦《まつら》壱岐守とは蘭学を通じてかねてから昵懇《じっこん》で、江戸の下屋敷にも出入りを許されていた。恐らくそのような歓談の折にでも、肥前生月島の鯨捕りの有様を見てみたい旨を願い入れてあったのだろう。

平戸藩は他の西国の大名と同様、交代で長崎警護役を務めることを幕府に命じられていたので、長崎にも蔵屋敷があった。その留守居役は江戸で見知った人で、折よく入津する予定の藩の用船に、平戸まで便乗させてもらう手筈にしてもらったのだった。

十一月十五日の朝、雪交じりの雨が降って風が強い中、時津から乗船して大村湾を渡り、大村藩領の小串の浦に入って、船中で一夜を明かした。藩の用船といっても小さな船で、頭上を被った苫の隙間から一枚布団にくるまって寝ている鼻先に雪が降りかかって大難渋だった。折角《せっかく》湊に入っても、他藩の領地には許しを得ていない限り勝手には上陸できない、という窮屈な時代だったのだ。

翌日は天気になって朝から船を出し、針尾の瀬戸に向かった。現在西海橋が架かっている渦潮の名所である。今の世に動力船で通っても恐ろしい目に遭うのだから、江戸の江漢はさぞ肝をつぶしたことだろう。流れの緩やかな時刻を選んではいるのだが、それでも潮が渦巻き、「白浪飛んで沸湯の如し」と書いている。ようやくここを過ぎて、午後四時頃針尾島の小鯛が浦というところに入り、さらに入江の奥の大鯛が浦に移動した。ここは平戸領なので百姓家に上がり込んで火にあたらせてもらった。うとうとまどろんでいると、夜中の二時頃、供の者に

「風向きがよくなったので船を出すそうです」

というので起こされた。先ほどまで頭痛がして気分が悪かったのが一眠りしてすっかり良くなっている。

満月が浪を照らし寒風が肌を刺す中、船は東風に乗って快走し、佐世保湾の入り口の高後崎を抜け、高島の牛が首の岬を巡った。北九十九島の沖を過ぎるあたりで夜が明け、早くも十七日の朝の十時ごろには平戸城下に着岸することができたのだった。

今では西海国立公園になっている九十九島の景観を知る地元の者たちは、島々の松の翠《みどり》と海の青さの彩なす美しさは仙台の松島など及ぶべくもないと思っているのだが、当時はその存在を知る人すらほとんどなく、後に十一代藩主の熙《ひろむ》が選定した「平戸八景」にも選ばれていない。

というのも、沖のほうから遠望したのではその箱庭のような美しさは分からないのだ。景色を展望できるような場所は街道筋から遠く離れていて道はなく、まして瑞巌《ずいがん》寺《じ》のような名所も、芭蕉の足跡もないとなれば、せっかく近くまで来ていながら江戸の絵描きに無視されてしまったのは仕方のないことではあった。

平戸城下の宮の町の宿屋に落ち着いた翌日、平戸藩江戸屋敷で懇意だった山本庄右衛門という人を訪ねると、さっそく鮪《まぐろ》と鰯《いわし》を肴に酒でもてなされ、在国中の殿様に客人到来を知らせてもらうことができた。先の長崎蔵屋敷での話といい、こうも都合よく話が運ぶところを見ると、江戸で前もって段取りがつけてあったのかもしれない。

この時節、平戸の町は鮪の漁獲に沸いていて、港では接岸した大きな船数艘に獲れたばかりの鮪を積み込む作業の真っ最中で、港内の海水は鮪の血で赤く染まっていた。

土地の者が言うには、船はこれから冬の荒天をもろともせず帆を張って、玄界灘から瀬戸内海を抜け、鳴門の瀬戸、紀州沖、伊豆の海を走りに走って、順調に行けば五百里の海上を七、八日で江戸に着くのだという。「師走の五嶋マグロ」と呼ばれて珍重され高値を呼ぶものだが、運悪く船が滞った時には魚は塩漬けにせざるを得ず、値も十分の一となって大損になる由。

一体そんなことが本当にあったのだろうか。当時、西宮から江戸まで新酒の初荷を競走で運んだ樽廻船の新酒番付が残っていて、三日あまりで着いたという例外的な記録もあるにはあるが、それはよっぽど条件の良い時の話、普通五日で着けば早いとされた。それほどの優秀船でもなかったはずの平戸の鮪船が、冬の荒海をこの日数で平戸から江戸まで着いた、というのはちょっと信じ難い。それでもこの旅日記の後のほうには、七つ入れ子になった朝鮮鉢をもらったので鮪舟に積んで送ったら七日目に江戸に届いた、と書いてあるので信じないわけにもいかないのだろう。

三日後の昼の八つ時（午後二時）、お招きによって平戸の市中にある松浦公の書斎「楽歳堂」を訪ねる。かねてからの昵懇の間柄とあって、殿様自ら門の入り口まで出迎えて下さった。はるばる国元まで訪ねてきてくれたのがよほど嬉しかった様子がうかがえる歓待ぶりである。

「蘭癖《らんぺき》大名」と呼ばれるだけあって、収集したオランダの書物の数々を見せてもらい、こちらは得意の席画を披露、酒の席は盛り上がったことだろう。茶室では御手ずからの薄茶のお点前をいただいた。この殿様は四代藩主鎮信侯創始になる武家茶鎮信《ちんしん》流のお家元なのだから並の者ならシビレ上がるところなのだろうが、何しろこちらは太い玉ときている。シレっとしているのがかえって気に入られていたのかもしれない。

四つ時（午後十時）ごろにようやくお開きになって宿に帰った。殿様にいただいた薄茶のお菓子を土産に渡したところ、宿の亭主は肝をつぶし、「前代未聞のこと、このお菓子は疫病除けの宝物にします」と恐れ入った。これが噂になって「町中大騒ぎした」とある。

後に隠居してからは静山《せいざん》と号した松浦壱岐守清はこの時二十八歳、文武両道に励んで英邁の聞こえが高かった。襲封した時の藩の負債を解消するために殖産を奨励し、冗費を削り、藩校を設置するなど藩政改革に取り組んで実績を上げ、領民の暮らし向きにも気を配ったので人気があったという。

名君を自負していた松浦侯は、若いころから幕閣に名を連ね、英知を天下に試したいという願望を持っていて、すでにこのころから時の老中田沼意次《たぬまおきつぐ》を的に猟官運動を始めていた。

後の事ながら、様々に手立てを尽くした挙句に結局夢破れた壱岐守は、四十七歳で隠居してしまうのだが、六十二歳の時に気を取り直して、歴代の人物の事績や同時代に起こった様々な出来事などを記した『甲子夜話《かっしやわ》』の筆を起こした。天保十二年に八十二才で世を去るまで、二十年にわたって二百七十八巻が書き継がれたこの著作は、名著にして貴重な歴史資料として知られ、松浦静山の名とともに長く世に残ることになるのである。

平戸では生月へ渡る風待ちのためもあって、十日余りを過ごした。殿様手ずからの御饗応に与《あずか》るほどの高名な江戸の絵師が来ている、というのだから放っておかれるはずはない。案内されて寺巡りをし、一日は平戸島北端の白嶽に登って島々を遠見した。その帰り道の田助浦には、日和待ちの船乗り相手の、田舎にしてはちょっと垢抜けした遊郭があり、そこに一泊した。その合間には注文に応じて襖絵を描いたりしているのだから退屈する暇はなかった。

十二月四日、山形《(マヽ)》新四郎という生月の鯨漁網元の一族の者に伴われていよいよ生月島へ渡ることになった。平戸城下から西に一里ほど歩いて、生月島に向き合う薄香《うすか》浦から船に乗ったのだが、風が強いのでまず薄香湾の近くの須草《すぐさ》という網小屋のある入江に入って風待ちをした。しかし風は一向におさまらないので、仕方なく強風の中を突き切ることになり、六丁艪の鮪船で二里余りの海上を波をかぶりながら押し渡った。日暮れになる頃やっと生月島一部浦の網元　益冨《ますとみ》又左衛門の屋敷に着いたが、歯の根が合わぬほど寒いので、まず濡れた衣服を火に当てて乾かしてもらう。主《あるじ》は留守というので跡取り息子の亦《また》之助に迎えられ、座敷の上座に座らされて挨拶を受けた。網元といっても毎年平戸藩に何千両もの運上金を納めるような大事業家の家なのだから、立派な作りの邸宅である。

酒、吸い物、飯が出て人心地がついたところで、これから一月ばかり留まって鯨漁を見せてもらう相談をしながらふと見ると、そこの座敷の袋戸の絵はかつて江漢が描いたものだった。これは殿様からの拝領の品で、かねて名を聞き及んでいた絵師が目の前の客人当人と知った家の者たちはひとかたならず驚き入ったのだった。

すでに家業を取り仕切っているらしい亦之助のことは

「三十歳の者にて能《よ》き男ぶり、言語この国の様にあらず、至って通人なり」と書いている。当時の益冨家はすでに網元というよりも実業家という趣になっていて、九州の多くの藩に稲の害虫ウンカの殺虫剤として何千樽もの鯨油を納め、その他にも下関から兵庫、大坂にいたる各地に出店や問屋の代理店を構えていた。このような商活動を通して亦之助には自然と洗練が身についていたのだろう。

生月では鮪、ブリの定置網も盛んで、ここで行われていたブリの食べ方が興味深い。「ぶり、刺身の如く切りて箸にはさみて、下地をたぎらかしてその中へ入れ、二三べんかき回して食うなり。芹、この島の名産」

これはシャブシャブそのもの、脂の乗った寒ブリもこうするといくらでも食べられる。しかも一緒に新鮮な芹を食べたというのが憎いではないか。きっとこれもサッと湯通ししたのだろう。今日の垂涎のご馳走「ぶりシャブ」を、二百年前に食べていた彼らの美食家ぶりには恐れ入るしかない。

亦之助に「鯨はいつごろ獲れるのか」と聞くと、「小寒の前十日頃からが鯨の来る時」という答え、目前に迫った漁の始まりに向けて準備が進んでいる。

小寒が近づき、そろそろ鯨の来るころというので江漢は勢子舟《せこぶね》に乗せられたのだが、一日中漕ぎまわっても、シャチに邪魔されたり、うまく逃げられたりで鯨の獲れない日が続いた。

勢子舟というのは捕鯨の主役となる舟で、羽指《はざし》と呼ばれる船頭を兼ねた銛《もり》打ち役が乗り込んでいる。羽指が立つ舳先《へさき》はせり上がって大浪を切り、船底には漆が塗られていて浪の上を滑るように走った。八丁の艪を十二人の水主《かこ》が息をそろえて漕ぐ時の速さは当時日本一であっただろう。一つの鯨組には勢子舟が二十艘、そのほかに網を張る役目の双海《そうかい》舟が三組、鯨を運ぶやや大型の持双《もっそう》舟が数艘あり、合わせると総勢四百人以上が海上に待機して、海を見晴らすあちこちの高所に設けられた山見番からの合図を待っている。

十二月十六日の朝、起きると鯨が来ているという知らせ、今日は亦之助も付き合って船に乗るという。先日来、海上の寒風と船酔いにすっかり懲りていて、もう舟には乗りたくないなあ、などとぐずっていると、あきれられて、

「鯨漁を見るためにわざわざ江戸から九州の西の果てまで来なさったとでしょうもん、サアサア」

と急き立てられ、仕方なく炊き立ての飯に水をかけたのを一膳掻き込んだ。

江漢と亦之助が跳び乗るが早いか、勢子舟はたちまち沖に漕ぎ出したのだが、朝方見えていたはずの鯨はどこに行ったものか見つからなかった。午後四時頃、あきらめて船を返しかけていると、的山大島《あづちおおしま》の方からしきりに旗を振って招いているのが見えた。元気の出た水主たちが勇ましい掛け声をかけながら漕ぐ傍で、江漢は船酔いと空腹のため、巻いてある銛綱の上にへたり込んでいた。

二里ほども走ったかと思う頃ふと頭を上げると、目の前で鯨が浪の中から躍り出て潮を吹くところだった。鯨はひとしきり暴れて、すぐにまた大波を立てて海底へと潜るのだが、すでに取り囲んだ勢子舟の羽指達は万銛《よろずもり》を打ち込んでいる。

「鯨ぁ取ったぞ、取ったぞ」

と叫ぶ亦之助の声を聞くと、船酔い気分が一遍に吹き飛んで、江漢は鯨の立てる大波で揺れる船にしがみついて、暴れる鯨と漁師達の働きに見入っていた。

刺さった万銛には綱が取り付けてあって、その綱で結ばれた合わせて十七艘もの勢子舟を引きずって鯨は必死に泳ぐのだが、さすがに次第に動きが乏しくなってきた。するとと今度は持双舟が鯨の両側に寄って、これに乗り移った羽指たちが長い諸刃の刃物を鯨の体に何回も刺し込んだので鯨はさらに弱る。

と、見るうちに一人の若い羽指が大きな出刃包丁を口にくわえ、綱を持って海に飛び込んだ。鯨に泳ぎ着くと、背中に何本となく突き立っている銛を手掛かりにして体の上に登り、鯨の潮吹き口の前にある鼻づらの辺りに包丁で穴を穿とうとしている。その穴に綱を通して、鯨の体を船に繋ぐのだという。この間にも鯨は弱ったとは言え何回となく潜ったり浮いたりしたので、鯨にとりついた羽指の体も一緒に浮き沈みをくり返しているのだ。

「この働き誠に危うき事いわん方なし」

まさに命がけの所業と見るうちに、もう一人が綱を持って海に飛び込み、鯨の腹の下を潜り抜けて反対側の持双舟に綱を渡した。鯨を挟んだ両側の持双舟同士は二本の丸太を横に渡して繋がれ、鯨は鼻面の綱と腹の下に回した綱で左右から吊り下げられる形となった。この二艘に多くの勢子舟が取り付き、曳き船となって解体場まで運ぶのだという。江漢らの舟は一足先に御崎《みさき》浦に向かった。

御崎浦は江漢が滞在している一部浦から一里ばかり北東にある砂利の浜辺で、大納屋、肉納屋、骨納屋などの鯨を捌《さば》く建物のほか、大工、鍛冶屋、桶屋などの作業場がそろっていた。浜には解体場を囲んでコの字型に石垣が組んであり、その廻りには「万力車」が七つばかり立っている。これは轆轤《ろくろ》とも呼ばれて、地中に差し込んだ太い心棒に、十字型に取り付けられた横棒を回転させて綱を巻き取る、いわば人力のウインチである。

一眠りして夜中に起きだしてみると、鯨は前夜の満潮時に浜に着いていた。今は潮が引いて、折からの満月に照らされて鯨の全身が露わになっている。全長十五間(二十八メートル)近くもある、背美《せみ》鯨という最上品の鯨だった。江漢と亦之助は鯨の背中に登ってみる。

「この鯨は先生に見てもらうために獲れたようなもんだ」

と亦之助が言う。というのも、大潮の満潮時に岸に着いたので潮が引いた今、こうして鯨の全身を眺めることができるのだし、鯨の体に上るなどということも朝まで間があるからできること、おまけに雲一つない満月ときている。これが日中に獲れた鯨だと海に浸かったままですぐに解体が始まるので、地元でも陸に上がった鯨を見たことのない者は幾らでもいるというのだ。こんなにお誂え向きに鯨の姿を拝めるは滅多にないことであるらしい。

夜明けの二時間ほど前になると人足達が集まってきて、松明《たいまつ》をかざしながら解体作業が始まった。長刀《なぎなた》のような大きな刃物を持った職人が鯨の背中に登って、まず両顎を切り落とし、頭から両脇までを裁ち切り、次には尾を切り落とした。大きな塊を動かす時には浜に据えられた万力車を使って綱をかけて引いている。胴体の皮を剥ぐにあたっても、短冊状に深く切れ目を入れた皮の端に鉤を差し込み、万力車で引いて脂身ごと剥ぎ取るので至って仕事が早かった。解体は見る見るうちに内臓、骨にまで及んで、肉納屋、骨納屋、腹納屋と、それぞれの納屋に手際よく運び込まれる。

納屋場にはあふれるように人が集まって作業が進められていた。肉納屋の作業場では分厚い脂身をずらりと並んだ数十人が細かく切り分け、これを天秤棒を担いだ人足たちが十七基並んだ竈へと運んでいく。大釜で煎じられた鯨油は樋《とい》で土蔵の中へ導かれ、樽詰めされる段取りになっていた。同じように骨納屋でも大鋸で切り分けた骨を大釜で煎じて鯨油を煮出している。骨はさらに大槌で砕いて再度油を煮出し、残りも捨てずに肥料にするのだという。全長十間ほどの背美鯨であれば二百樽の鯨油が採れ、その値は四百両になると聞かされた。この鯨は全長十五間近くもあるのだから千両は下らないのではないか。

腹納屋では内臓が捌かれ、煮出されている。ここからも脂がとれるし、腸は百尋《ひゃくひろ》と呼ばれて食用に重宝された。地元では肺の臓や腎の臓、子袋から陰茎に至るまでいろいろな内臓が工夫されて料理に用いられるという。

小納屋では様々な商品になる部分が捌かれていた。一番価値の高い鯨髭は文楽人形のゼンマイやバネをはじめ各種の細工物に欠かせない。裃《かみしも》の肩口を張る芯にも使われるし、鯨尺と呼ばれる物差しもこれで作られた。鰭《ひれ》の付け根にある筋《すじ》は胡弓の弦などにするのだという。その他にも頭の蕪骨《かぶらぼね》は粕漬けにされるといった風で「鯨にすたる所なし」、まさにあらゆる部分が活かされていた。

一日をかけて鯨が捌かれる様をとくと見物し、下絵に画きとめた江漢は、夕方舟で本宅に戻った。

この日も沖では二度鯨が見つかったのだが獲ることはできなかったという。この大海原の中では、実際に仕留めることができるのは山見番が見つける鯨の十頭のうちの一頭も難しい、というほどのものであるらしい。その夜は

「これでもう、寒い海の上を引っ張り廻されなくてすむわい」

と思いながら、手足を伸ばして熟睡したのだった。

江漢が描いた多くの鯨納屋の絵の中でも、遠近法で生き生きと描かれた「肉納屋の

図」は後に天保三年（一八三二）に刊行された『勇魚取絵詞《いさなとりえことば》』の中の「生月御崎浦大納屋図」に、そっくり同じ構図で再現されている。

ところで、江漢が記録した御崎浦で行なわれていた鯨の解体作業の段取りや、使われている大包丁、手鉤などの刃物類、万力車（ウインチ）を使った鯨の肉塊の移動のやり方などは、今日、南極海の捕鯨母船で行なわれている解剖作業にほとんど変らない形で受け継がれている。このことは、調査捕鯨船団の船医として船上作業の実際を見る機会があった筆者が驚いたところだった。

翌日は早速取れたての鯨が振る舞われたが、中でも様々にあしらわれた内臓の料理は他所《よそ》では目にすることも出来ない珍味なので、食通で食いしん坊の江漢は興味津々で味わった。

それから十日ほどは時雨模様で、手水鉢《ちょうずばち》の水が凍りつくような寒い日が続き、江漢は屋敷に留まって、請われるままに潤筆三昧の日を過ごしていた。毎日出漁しているのに成果の上がらない鯨組からは「今年は不漁だ」との嘆きの声が聞こえるのだが、こちらはすでに大物の背美鯨を獲る真迫の現場から、納屋での解体作業まで十分堪能して目に収めているので、すっかり満ち足りていた。

十二月二十七日、久しぶりに鯨が取れたというので御崎浦まで出かけてみた。あいにく船の便がないので歩いたところ、海岸には道がなくて大岩を乗り越え乗り越えの大難儀だった。やっと浜にたどり着いてみると、鯨は四丈（十二メートル）ほどの大きさの座頭鯨だと教えられたのだが、海に浸かったまま解体されているので鯨の姿はさっぱりわからない。十日前に亦之助に言われたことは、まったくその通りだと納得したのだった。


年の暮れが近づいて餅つきが始まっていた。四角に切る江戸の餅と違って、饅頭のように丸めているのが珍しかった。汁粉や餡の入ったアンコロ餅は作らないようだ。

元旦は朝の四時ごろ起きて雑煮を祝った。丸い餅に芋、鮑、昆布が入っているのが江戸の雑煮とはよほど違っている。十時にお節料理を食べ、それから衣服を改めて大主人の又左衛門方に出向いて年賀の挨拶をした。三代目の又左衛門は六十歳位の人、奥様は五十位で「金入り錦のつま裏付けて打掛縮緬《うちかけちりめん》総模様」の着物を着ている。亦之助の奥方の話は出てこないのでまだ独身だったのだろう。

次に親族の亦右衛門という人の家を訪問すると、三十一、二に見える夫人と十六歳位の娘がいて、どちらも美人。共に緋縮緬《ひちりめん》の上に模様の打ち掛けを着て、髪は江戸風だった。

明くる二日にはこの亦右衛門さんが座元を勤める人形浄瑠璃の小屋掛け芝居があった。「花衣いろは縁起、鷲《わし》の段」という出し物で、亦右衛門さんも自ら人形を遣い、語りは本職が来演している。これほど大がかりな事をするのは、畳屋を名乗っている分家の内のひとりである亦右衛門さんの個人的な道楽などであろうはずはなく、鯨組経営者 益冨家が地域貢献をする上での担当者ということだったのだろう。

滅多にない正月の特別行事とあって、にわか作りの小屋の中は田夫漁夫、老若男女数百人の見物が押し合いへし合いの有様だった。

その中に七十歳位の老婆が、押されて難渋しながらも必死に見物しようとしている姿を桟敷《さじき》席の方から見た江漢は、

「この小島で生まれ、生涯を都会を知らずに終わるのは悲しいことよなあ、と思うと涙が出た」

などと書いている。何が悲しいのかよく理解できない感もあるが、弱く、恵まれな

い者に同情心をおこして落涙したり、家族のことを思い出して「胸蓋ぐ思い」になったりする場面が日記の中で度々出てくるところをみると、ふてぶてしい程に物に怖じない神経を持っている一方では、繊細で感じやすい心の持ち主でもあったように感じられる。

正月四日、ちょうど一月を過ごした生月を出立し、亦之助と同舟して平戸に向かった。この日は凪なので、断崖の奇勝が連なる平戸の北海岸を回って、以前にも寄ったことのある田助浦に上陸し、亦之助の行きつけの釜屋という揚屋に上がった。

田助浦は平戸湊に隣接する避難港になっていて、風待ちの船乗りや商人相手の遊郭が古くから繁盛していたらしい。亦之助の馴染みの、長崎生まれで名は「玉川」という遊女と、その朋輩の「姫鶴」、ともに美人で着物の好みもよい二人を相方に、折しも大風雨となった夜を、船を舫《もや》っているらしい舟人達の掛け声と、打ち付ける波と風の音を聞きながら過ごした。

明けて、風雨は昼ごろ止んだので、二人に見送られて又舟に乗り、平戸湊に着いた。宿屋に落ち着いて、ここでも雑煮を肴にまず一杯。

これでお別れ、というので亦之助から餞別に金千五百疋、画帖の代として千疋、山形《（ママ）》新四郎からも千疋が贈られた。別にお供の者も心付けの銀子を頂いた。

翌日は松浦家の神社の神主の大蔵という人が訪ねてきて、明日、殿様が社参の際にお会いなさることを伝えられ、さらに、

「これは殿様からの下されもの」

と言って懐から取り出した目録を渡された。これにも金千疋とある。

金千疋は小判にすると二両半になり、ちょっとした大金である。相手方にはそれなりの画幅を残しているとは言え、さんざん世話になった上に大枚の金子まで頂けるのだから、名のある絵描きというのはうらやましい渡世ではある。今でもきっとそうなのだろう。

そういえば『西遊日記』に出てくる金銭がからむ話には必ず具体的な金額が書きこまれている。旅館に泊まった時には接遇や部屋の調度、夜具、料理の善し悪しまで記しているし、誘われれば断ったことのない岡場所では、遊女の器量や着物の品定めはもちろん、出身地、髪の結い方、揚げ代の内訳にいたるまで子細に書かれていて、風俗研究には大いに役立つところだろう。金額が記されていない場合には、奢って貰っ

たのだろうと察しが付く。

頼まれて絵を描いた時の謝礼など、ちょっと体裁が悪いようなことでも隠さずに記録するリアリストぶりは、江戸の同業者から守銭奴呼ばわりされていたことを納得させるものがある。

七日、早朝から裃を着用して神社に参上。松浦候は多くの家来を従え威儀を正して参拝なされた後、拝殿で面会して下さった。

その夜は世話になった平戸の人々と別れを惜しみながら酒を酌み交わしたのだった。開けて正月八日、平戸を後にして海上一里の田平《たびら》に渡った。その後は伊万里、博多を経て、若松湊から船に乗って瀬戸内海を過ぎて備前の牛窓《うしまど》に上陸した。それからは中山道を旅して四月十三日に芝新銭座の我が家に無事帰着したのだった。


この時世話になった亦之助は間もなく本家を継いで四代目 益富又左衛門となった。そののち、松浦藩の要請に応えて一万両を献金した功などにより藩の馬廻り役に取り立てられて、山縣二之助と名乗る侍になる。

さらに鯨の取り持つ不思議な縁により、松浦藩と蝦夷地取締御用役所との連絡役として江戸上屋敷に駐在を命じられた山縣二之助は、江戸で江漢との旧交を温めることになるのだが、それはこの時から十二年後、寛政十二年（一八〇〇）のことである。

終

●参考文献

1 司馬江漢全集第一巻『江漢西游日記』『西遊旅譚』 八坂書房 一九九二年
2 『江漢西遊日記』 芳賀徹、太田理恵子 校注 東洋文庫四六一 平凡社 一九八六年
3 寛政十二年『江府日記』『帰路日記』 山縣家文書 佐世保市立図書館

関係年表

西暦	和暦	
一五九三	文禄二年	蠣崎慶広《かきざきよしひろ》　豊臣秀吉から名護屋で蝦夷地安堵の朱印状を下される
一六〇三	慶長八年	蠣崎の姓を改めた松前慶広　徳川家康から黒印状を下され、松前藩の対アイヌ交易の独占権を認められる
一六〇六	慶長十一年	福山館落成
一六六九	寛文九年	東蝦夷地シブチャリの首長シャクシャイン　松前藩に叛く
一六九七	元禄十年	コサック隊長アトラソフ　カムチャツカ半島を探検し、現地人の奴隷にされていた大坂の漂流民 伝兵衛を救出
一七〇二	元禄十五年	ピョートル大帝　伝兵衛を謁見
一七〇五	宝永二年	伝兵衛を教師として、ペテルブルグに日本語学校設立
一七一三	正徳三年	コサックの首領コブイレフスキー　配下と共に初めて北千

島の第二島バラムシル島に上陸、島民の持物を奪い、毛皮税を課す

一七二八　享保十三年　ベーリング　第一次カムチャツカ探検でベーリング海峡を発見

一七三三　享保十八年　ベーリング　第二次探検でアリューシャン列島を発見

一七三九　元文四年　ベーリングの命を受けたシュパンテンベルグ　日本を探検し、仙台領を訪れる（元文の黒船）

一七六八　明和五年　コサック隊長チョールヌイ　ウルップ島、エトロフ島に渡海し無法を働く

一七七〇　明和七年　プロトジャノフら　ウルップ島に上陸し、エトロフ島アイヌらを殺害し毛皮税を要求。報復を受ける

一七七一　明和八年　ハンガリー生まれの軍人ベニョフスキー（はんべんごろう）流刑地のカムチャツカを脱走し、奪ったロシア軍艦で日本近海を通過。阿波と奄美大島から出島オランダ商館長に書簡を送り、ロシアの日本侵略を警告する。書簡はオランダ

通詞によって翻訳され、幕府は内容を秘匿したが、漏れて工藤平助・林子平らの警世の書を生む要因となった（書簡には虚偽が多く、通詞の誤訳もあり、事実に反する内容であった）

一七七四　安永三年　解体新書　刊行される

一七七八　安永七年　シャバリンとアンチーピン　エカチェリーナ二世の命によりネムロ附近のノッカマップに上陸。松前藩の現地役人に交易を求める

一七七九　安永八年　シャバリンら再来 松前藩役人がアッケシで会合し、交易を拒絶。この経緯は幕府には報告されなかった

一七八三　天明三年　伊勢白子の船頭 大黒屋光太夫ら　漂流しカムチャツカに至る

工藤平助「赤蝦夷風説考」を著わす

一七八四　天明四年　田沼意次「赤蝦夷風説考」を閲覧し、蝦夷地調査を命じる

一七八五　天明五年　大槻玄沢　長崎遊学、翌年私塾「芝蘭堂」開設

幕府　蝦夷地見分調査 第一隊を派遣

一七八六　天明六年　幕府　同 第二隊を派遣、最上徳内は千島を探検しウルップ

八月　島に至る。調査結果を受けた田沼意次は蝦夷地開発を画策
一七八七　天明七年　田沼意次失脚　蝦夷地開発計画は撤廃された
一七八八　天明八年　松平定信　老中となり、寛政の改革始まる
一七八九　寛政元年　司馬江漢　長崎・平戸を訪れ、生月の鯨漁を見る
クナシリ・メナシのアイヌの反乱　松前藩これを鎮圧する
一七九〇　寛政二年　幕府　湯島に聖堂を置き、朱子学以外を禁止（寛政異学の禁）
一七九二　寛政四年　ロシア使節ラクスマン　エカチェリーナ二世の命により漂流民大黒屋光太夫ら三人を伴いネムロに来航し、越冬
一七九三　寛政五年　ラクスマン　松前で幕吏と会談し、長崎での応接を約束した信牌を交付されて帰国
松平定信　老中退任
一七九四　寛政六年　大槻玄沢ら「おらんだ正月」を祝う
一七九五　寛政七年　エカチェリーナ二世　死去
一七九六　寛政八年　英国海軍士官ブロートン　探検・測量のため蝦夷地周辺に来航、アブタに上陸

一七九七　寛永九年　四代目益冨又左衛門（亦之助）平戸藩に仕官し山縣二之助を拝命

一七九八　寛政十年　幕府　蝦夷地に百八十名からなる調査隊を派遣
近藤重蔵・最上徳内らはエトロフ島に上陸し、島の南端に「大日本恵登呂府」の標柱を立てる

十一月　調査隊　江戸に帰り、松前藩による蝦夷地支配、国境警備の現状を報告

十二月　幕府　松前藩に東蝦夷地の七年間上知を命じ、直捌きとする

一七九九　寛政十一年　御書院番頭 松平忠明を蝦夷地取締御用掛筆頭職に任命

一月　勘定奉行 石川忠房、目付 羽太正養、使番 大河内正寿、勘定吟味役 三橋成方の四名を蝦夷地取締御用掛に任命
御用掛五名　蝦夷地運営の基本方針を合議し幕閣の承認を得る

一八〇〇　寛政十二年

三月　松平忠明ら江戸出立。蝦夷地の視察と改革施策を開始
七月　高田屋嘉兵衛　近藤重蔵の依頼によりエトロフ航路を開く
九月　松平忠明ら　江戸に帰着
十月　幕府　南部・津軽両藩に箱館警備を命じる
十二月　蝦夷地御用役所　平戸藩に鯨猟巧者二名のエトロフ島派遣を命じる

〈この年における登場人物たちの年齢〉

松浦壱岐守 清	四十一歳	八十二歳没
松平信濃守 忠明	四十二歳	四十七歳没
山縣二之助	四十一歳	五十六歳没
高田屋嘉兵衛	三十二歳	五十九歳没
近藤重蔵	三十歳	五十九歳没
高橋三平	四十三歳	七十六歳没
最上徳内	四十六歳	八十二歳没

羽指　寅太夫	五十八歳	不　明
羽指　安兵衛	三十七歳	不　明
司馬江漢	五十四歳	七十二歳没
大槻玄沢	四十四歳	七十一歳没
堀田正敦	四十六歳	七十八歳没
大黒屋光太夫	五十歳	七十八歳没
松平定信	四十三歳	七十二歳没

三月	羽指　寅太夫・安兵衛　高田屋嘉兵衛 持船 辰悦丸で下ノ関出港
閏四月	辰悦丸　エトロフ島ヲイトに到着　羽指両名、高田屋嘉兵衛、近藤重蔵以下の蝦夷地御用役所役人、会所番人ら乗船
六月	羽指両名　エトロフ島タンネモイで鯨見究めの調査開始
九月	羽指 両名ら　嘉兵衛持船 観音丸で江戸到着。エトロフ島鯨見究め調査の結果を報告

十月　蝦夷地御用役所のエトロフ島鯨猟の企て「お見合わせ」となる
十二月　羽指両名　山縣二之助に伴われ江戸を出立
一八〇一　享和元年　羽指両名、山縣二之助　平戸に帰着
二月　松平忠明、石川忠房、羽太正養　蝦夷地巡検を命じられる
一八〇二　享和二年　松平忠明　蝦夷地御用を解職され、駿府城代に任じられる
二月　幕府　蝦夷地奉行を置き、間もなく箱館奉行と改称する
七月　幕府　東蝦夷地の永久上知を松前藩に命じる
一八〇四　文化元年　ロシア使節レザノフ　漂流民を護送して長崎に来航し、ラクスマンの受けた信牌を示して貿易を求める。
一八〇五　文化二年　幕府　レザノフを半年待たせた上に通商要求を拒否し、長崎を退去させる

一八〇六　文化三年　　レザノフの命を受けたロシア船　樺太の松前藩会所を襲う

一八〇七　文化四年　　幕府 蝦夷地全域を直轄とし、松前藩を陸奥国梁川に移封する

四月　箱館奉行を松前に移して松前奉行とする

五月　ロシア船エトロフ島に上陸　シャナ会所を攻撃

六月　ロシア船利尻島に侵入、幕府船を焼く

幕府若年寄 堀田正敦　蝦夷地防衛総督となり奥羽諸藩の藩兵を北辺守備に配置

一八一一　文化八年　　ロシア艦長ゴローニン　クナシリ島で松前奉行配下に捕らえられる

一八一二　文化九年　　高田屋嘉兵衛　ロシア艦長リコルドに捕らえられる

蝦夷地全域で商人請負制が再開される

一八一三　文化十年　　リコルド　クナシリ島に来て高田屋嘉兵衛を介してゴローニンの釈放を交渉。その結果ゴローニン、嘉兵衛はともに釈放される

一八二一　文政四年　幕府　直捌きを撤廃し、蝦夷地を松前氏に還す
幕府　南部・津軽両藩兵を撤収する
一八五四　安政元年　　　　　　　　　　　日米和親条約調印
一八五五　安政二年　福山城落成
　　　　　　　　　　幕府　下田・箱館を開港
　　　　　　　　　　箱館奉行を再置し、松前藩に再び蝦夷地上知を命じる
一八六八　明治元年　明治維新
　　　　　　　　　　榎本武揚ら旧幕府軍　蝦夷地を平定。福山城は落城
一八六九　明治二年　榎本武揚ら　新政府に降伏
　　　　　　　　　　新政府　蝦夷地を北海道と改称

あとがき

江戸時代も十八世紀半ばの宝暦・明和の頃になると、国内各湊を結ぶ廻船の航路はよほど充実してきて、沿岸航路から離れて沖合を無寄港で走る「沖走り」と呼ばれる航法も可能になっていた。農村では、その航路によって蝦夷地から運ばれる〆粕(魚肥)が綿や藍などの商品作物を育てるために欠かせない肥料となっていて、綿が大いに生産されるようになったおかげで良質の木綿の着物が人々に行きわたった。

この例のように海上交通や商品経済の発達によって国中を財貨が循環するようになると、以前に比べて人々の生活も総体に豊かになり、世の中には闊達な雰囲気が生まれていたに違いない。

しかし一方では太平の世の眠りを揺り動かすような出来事も起こっていた。千島列島を南下してきたロシアの勢力が蝦夷地の近くにまで達して、しきりに通商を求めるようになっていて、侵略の意図を疑って警鐘を鳴らす者もいたのである。

蝦夷地をめぐって緊張を強いられた幕府は、寛政十一年に至って、思い切って松前藩に蝦夷地の東半分を返上させ、自ら蝦夷地の経営に乗り出すことにした。しかし、直営するからには持ち出しは避けなければならない。

そこでその経営の切り札として想定されたのがエトロフ島の漁業資源開発であり、その一環として島の周りに多い鯨を獲ることだった。鯨組を島に置くことができないか、その瀬踏みのためにエトロフ島の「鯨見究め」を頼まれたのが、肥前平戸の藩主松浦壱岐守だった。隠居してからの号、静山で知られる殿様である。

藩侯の命を受けた平戸藩士の山縣二之助は、鯨漁師二人をエトロフ島へ送り出すともに、自身は江戸に駐在して幕府の蝦夷地御用役所との連絡役を務めることになる。山縣二之助は二年前に士《さむらい》になるまでは生月の鯨組 益富家の四代目当主だった人物である。

実は、筆者が本編を書いたのは、この山縣二之助が残した手記に多分に寄りかかってのことだった。二之助は筆まめな人だったとみえて、このエトロフ島鯨猟調査の一件に関わる数篇の手控えと日記を残していて、それらは子孫、山縣家に伝わっている。「山縣家文書《もんじょ》」と呼ばれているこれらの記録を目にすることがなかったら、筆者が歴史小説の真似事を試みようなどという大それた考えを起こすこともなかっただろう。

さて話は戻るが、山縣二之助によって選ばれた鯨組の羽指、寅太夫と安兵衛の二人は寛政十二年三月に下ノ関湊から直乗り船頭 高田屋嘉兵衛の千五百石積の北前船 辰悦丸に乗せてもらい、エトロフ島へと向かうのである。

端なくもここに出てきた「高田屋嘉兵衛」といえば、司馬遼太郎氏の長編歴史小説『菜の花の沖』の主人公にほかならない。嘉兵衛の一代記であるこの小説は全五巻に及ぶ壮大な物語なのだが、その中の寛政十一年冬から翌年春にかけての話は、山縣二之助が書き留めている出来事から離れている。『菜の花の沖』では、そのころの高田屋嘉兵衛は、辰悦丸で兵庫を船出して江戸で蝦夷地御用の務めを果たしたのち、冬の太平洋岸を北航して、陸奥湾の野辺地湊経由で早春の箱館に着いた、ということになっている。歴史小説とは言えノンフィクションである物語に対して史実がどうの、などと言うのは野暮であることは承知しているつもりだが、もし山縣二之助の記録に目を通すことができていれば、小説の展開も随分違っていたのではなかろうか、と想像してみるのも一興。あるいは

「そんなものがあったのか」

と、泉下の小説家が悔しがったかもしれない、と思うのである。

二之助の日記と手控えをたどると、この調査を命じられたいきさつや、二人の羽指の航海の様子、鯨見究めの首尾、その後幕府がとった対応の経緯などを読み取ることができる。のみならず、二之助が滞在した半年ほどの間の藩邸での公務や生活の様子、日常の出来事も知られて面白い。

何よりも驚かされるのは、高田屋嘉兵衛、松浦静山をはじめ、エトロフ島開発の責任者だった近藤重蔵、十二年前の鯨見物以来の知己である画家 司馬江漢、蘭学者 大槻玄沢など、歴史上知られている興味深い人々の名が次々にでてくることである。一般に知られてはいないが、勘定奉行の石川忠房や高橋三平など、その時代に活躍した魅力的な人物たちも登場する。二之助が人を選んだはずもないのだから、全く偶然のなす所なのだろうが、よくもこれだけ役者がそろったものだと感嘆するほかはない。さながらドラマの脚本のようではなかろうか。二人の羽指とともにたどった帰路の道中の記録からも、機転が利いて捌《さば》けていて、しかも人情味豊かな二之助の人柄が伝わってくる思いがする。

その山縣二之助の記録を元に、当時エトロフ島の鯨をめぐって繰り広げられた史実をたどり、それを通して時代の雰囲気と人々のありさまを書いてみたい、というのが筆者の願いだった。わずかなりとも、そのことを感じていただければ幸いである。

山縣家文書を読むにあたって、佐世保市立図書館に所蔵されている複写本に解読書を付けていただいた、宝亀道聴氏をはじめとする佐世保古文書解読研究会の皆様に感謝と敬意を捧げたい。この解読がなければ文書の原文には全く歯が立たないところだった。

また、的山大島の捕鯨の歴史や山縣家文書について資料提供とご教示を頂いた、平戸市生月町博物館・島の館の中園成生館長に深謝する。

出版にあたって、いつもながらの懇切なご助言をいただいた佐世保文化協会会長小西宗十先生、装画を描いてくださった赤間龍太氏、お世話になった長崎文献社の編集者山本正興氏にお礼申し上げる。

著者略歴

◆萩原 博嗣（はぎはら ひろし）

昭和25（1950）年　佐世保市（旧北松浦郡江迎町）生まれ
昭和43（1968）年　長崎県立佐世保北高校卒業
昭和51（1976）年　九州大学医学部卒業、整形外科学教室に入局
昭和61（1986）年　佐世保共済病院　整形外科医員
平成20（2008）年　同　副院長
平成27（2015）年　海上保安大学校練習船「こじま」に医務官として乗船
平成29（2017）年『ドクトル太公望の世界周航記』（佐世保文学賞）を出版
平成30（2018）年　佐世保共済病院退職
　調査捕鯨 母船「日新丸」に船医として乗船
平成31（2019）年　社会福祉法人 大空の会　にじいろ診療所 所長
　現在に至る
令和 3（2021）年『南極海調査捕鯨 航海記』を出版

エトロフ島　鯨《くじら》夢《む》譚《たん》

発行日	2024年9月1日　初版第1刷発行
著者	萩原 博嗣
発行人	片山 仁志
編集人	山本 正興
発行所	株式会社　長崎文献社 〒850-0057　長崎市大黒町3-1　長崎交通産業ビル5階 TEL：095-823-5247　FAX：095-823-5252 本書をお読みになったご意見・ご感想を 下記URLまたは右記QRコードよりお寄せください。 ホームページ　https://www.e-bunken.com
印刷所	日本紙工印刷株式会社

ISBN978-4-88851-411-8 C0093